旅美日记

詹建辉 著

Journal of my training in the USA

人民交通出版社
China Communications Press

图书在版编目（CIP）数据

旅美日记 / 詹建辉著 . —北京 ：人民交通出版社，2012.7
ISBN 978-7-114-09810-9

Ⅰ. ①旅… Ⅱ. ①詹… Ⅲ. ①日记－作品集－中国－当代
Ⅳ. ①I267.5

中国版本图书馆 CIP 数据核字 (2012) 第 100298 号

书　　名: 旅美日记
著 作 者: 詹建辉
责任编辑: 尤晓暐　崔　建
出版发行: 人民交通出版社
地　　址: (100011) 北京市朝阳区安定门外外馆斜街 3 号
网　　址: http: / / www. ccpress. com. cn
销售电话: (010)59757969,59757973
总 经 销: 人民交通出版社发行部
经　　销: 各地新华书店
印　　刷: 中国电影出版社印刷厂
开　　本:787×960　1/16
印　　张:9.25
字　　数:150 千
版　　次: 2012 年 7 月第 1 版
印　　次: 2012 年 7 月第 1 次印刷
书　　号: ISBN 978-7-114-09810-9
印　　数: 0001－1300 册
定　　价: 32.00 元
(有印刷、装订质量问题的图书由本社负责调换)

序　言

2004年，建辉同志作为湖北省桥梁技术骨干人才，受组织委派前往美国进行5个月的学习和考察。在美工作、生活期间，他将自己的所见所闻所感用质朴的语言整理成册，寓专业性、文学性、趣味性于一体。透过这本《旅美日记》，我们可以领略到那里的历史沿革、风土人情、宗教信仰、建筑风貌、交通科技等特有的西方文化。透过这本《旅美日记》，我们亦可感受到笔者浓浓的爱国情怀和孜孜求索的专业精神。

“沐春风而思飞扬，临秋云而思浩荡”。学与思想结合，是掌握知识过程中的必由之路。善学者善思，在困惑中思索，在思索中开悟，在开悟中成长。笔者犹如干涸已久的禾苗，在美学习考察期间不停地在吸收、在汲取，不断地在提高、在提升。笔者参观了佐治亚州、佛罗里达州等地的城市和乡村，了解了各地的政治、经济、军事、教育和人文地理，重点参加了公路设计、材料科技、GIS在交通运输系统应用、工程项目管理、交通资产管理等交通建设领域前沿课程的学习与研讨，还亲身到佐治亚州政府交通部门工作实习，了解美国交通运输体系建设与管理模式，实地考察了在美的部分土木工程重点试验室和75号州际公路、985号州公路等交通工程，深刻感受到中美在交通工程设计、建设和管理等理念上的差异。点滴经历、点滴积累，细细品来，既是一幅活的美国地图，又是一部交通领域前沿科学探索的向导书，也是我们学习西方文化的一扇窗口。

眼界决定境界，成功的事业源于开阔的视野和豁达的胸襟。将生活艺术化，把包括事业在内的一切用艺术的眼光来看待，方能不汲汲于富贵名利，才会有一番真正的成就。笔者珍视每一个生活细节，用艺术的眼光看待交通，用乐观的心境去看世界，在掌握技术真谛、审视自然人文的同时也丰富了自我。

《道德经》云："大道至简"，真正的"大道"蕴含在简单的生活细节中。《旅美日记》一书，收录了56则文章，从专业知识、行业发展、考察见闻，以及日常生活等多个角度，与大家分享了一位中国交通工程技术人员赴美学习的点滴感受，用平实而质朴的细节和语言揭示"大道"。

当前湖北交通运输正处于转变方式，调整结构，打牢发展大底盘、建设祖国立交桥的关键期，交通建设和管理面临诸多挑战。要解决发展难题，当好交通先行，更好地服务经济社会发展，就需要我们不断地探索新模式，借鉴和学习国内外新经验。《旅美日记》用事例分析了美国交通建设理念的先进性、管理的规范性、发展的科学性，使我们深刻认识到当前交通发展的不足和差距，同时也为我们进一步深入推进改革创新、探索交通文化建设积累了宝贵的经验。

“泰山不拒细壤，故能成其高；江河不择细流，故能成其深。”《旅美日记》文字朴实，饱含真情，内容丰富，创获甚多，在介绍美国先进经验的同时也展示了湖北作为建桥之都、水运大省所特有的丰富多彩的交通文化，可读、可学、可借鉴、可收藏，愿与大家共同分享。

湖北省交通运输厅党组书记、厅长：尤习贵

二〇一二年六月六日

自 序

2004年，我有幸参加了交通部组织的第四期“公路桥梁建设与管理赴美培训班”，此次培训学习，从2月底开始至7月底结束，历时五个月。作为一名桥梁工程技术人员，有机会去美国这样发达的国家学习公路和桥梁建设的先进技术和管理理念，领略异域人文风情，感到十分荣幸，也很高兴！

还清楚地记得，接到交通厅人事处通知我去大连海事大学参加出国人员英语水平考试时，我正在安徽省交通规划设计院出差，当时心里既高兴又忐忑不安，直到顺利通过BFT考试才平静下来。事后得知，一同参加考试的其他同学，都已在大连海事大学经过半年左右的专门培训，我能侥幸过关实属不易。

培训班一共十人，成员分别来自交通部、交通部规划研究院、中交公路规划设计院、湖北省交通规划设计院、长安大学、湖南大学、中交二公局、江苏和广西交通厅。团长是交通部公路司建设处李怀健，我被大家推举为副团长。培训共包括两个阶段：第一个阶段，约两个月，在佐治亚理工学院学习，主要内容是听讲座和到图书馆查阅资料，学习和了解美国交通，特别是智能交通、公路桥梁等方面的前沿技术。第二阶段，约两个半月，主要是在佐治亚州交通厅实习，我们分组到厅相关部门跟班学习，主要是通过参与实践，实地了解美国交通管理体制机制和日常工作状况。

这次去美国学习机会难得，且时间较长，我觉得应该留下点什么。于是决定写点日记，把学习和考察期间一些有趣的见闻和心得记录下来，供日后温故而知新。说是日记，其实更是一种花絮与见闻，内容都是与学习考察相关的，并不涉及个人隐私。遗憾的是，由于有时活动安排比较密集，有些重要活动没有及时记录下来，如

参加项目招投标、设计文件评审等活动。回国前，在美国西部考察时，也因为日程安排得很紧，在日记里几乎没有记载。也因为懒，不是每天都记了。当然，这些日记后来在我执笔写提交给交通部的培训报告时，发挥了重要的作用，这也是意想不到的收获。

光阴荏苒，一晃八年过去了，现在才整理出来，未免有点时过境迁的感觉。但日记中的内容，也许对人们了解美国的风土人情、华侨生活，尤其是美国交通管理体制和公路桥梁技术发展、大学教育等方面还会有所帮助。当前，我院正在大力加强企业文化建设，也希望能借此激发全体职工参与企业文化建设的热情。

由于认识和水平有限，其中难免有贻笑大方之处，欢迎大家不吝赐教！

目 录

2004年2月27日 赴美前的预培训 /1
2004年2月28日 艰苦的旅行 /3
2004年2月29日 安营扎寨 /5
2004年3月1日 走近亚特兰大 /7
2004年3月2日 初访佐治亚理工学院 /9
2004年3月3日 佐治亚理工学院第一课 /11
2004年3月5日 见面会 /13
2004年3月6日 他乡遇故知 /15
2004年3月7日 卡特博物馆和马丁·路德·金故居 /18
2004年3月8日 美国交通运输 /21
2004年3月11日 考察75号州际公路 /24
2004年3月12日 美国车展和亚特兰大CNN大楼 /26
2004年3月14日 小镇风情 /28
2004年3月15日 GIS系统在交通运输中的应用 /31

2004年3月17日 GIS系统应用之前沿技术 /32
2004年3月20日 培训团成员会 /34
2004年3月23日 旁听博士研究生课程 /36
2004年3月24日 工程建设的综合管理 /38
2004年3月25日 美丽的小区 /40
2004年3月26日 樱花节和宋氏三姐妹母校 /43
2004年3月29日 直击NBA球赛 /48
2004年3月31日 佐治亚理工学院结构试验室 /51
2004年4月6日 走进佛罗里达 /53
2004年4月7日 肯尼迪航天中心 /54
2004年4月8日 迈阿密和大沼泽公园 /56
2004年4月9日 佛罗里达群岛之热带风情 /59
2004年4月11日 组织关怀 /62
2004年4月12日 交通资产管理 /63

2004年4月13日 公路设计与行车安全 /65
2004年4月15日 初访佐治亚州交通厅 /66
2004年4月18日 享受春假 /69
2004年4月19日 华盛顿掠影 /70
2004年4月20日 走过费城 /73
2004年4月21日 纽约，纽约！（上） /75
2004年4月22日 纽约，纽约！（下） /76
2004年4月23日 西点军校 /78
2004年4月24日 尼亚加拉大瀑布 /86
2004年4月25日 人在旅途 /87
2004年4月27日 佐治亚理工学院 GIS中心 /89
2004年5月3日 佐治亚州交通厅实习初体验 /90
2004年5月6日 实习之资金运作和财务管理 /93
2004年5月10日 实习之环境问题研究 /96

2004年5月12日 实习之设计合同管理 /98
2004年5月13日 考察咨询公司 /100
2004年5月14日 参观工厂 /102
2004年5月20日 实习之桥梁设计 /104
2004年5月25日 桥梁室实习剪影 /106
2004年5月28日 参观400号州际公路收费站 /107
2004年6月6日 闲暇时光 /110

2004年6月11日 参观沥青实验室 /111
2004年6月17日 亲历公众听证会 /114
2004年6月23日 实习进行时 /115
2004年6月24日 Happy Hour /119
2004年7月3日 举杯吧，朋友！ /120
2004年7月5日 做客华裔之家 /121
2004年7月20日 实习之交通控制中心 /122
2004年7月31日 在路上 /124

2004年2月27日　星期五

赴美前的预培训

交通部"公路桥梁建设与管理赴美培训班"2月27日在北京外国专家大厦举办预培训。预培训由中国国际人才交流协会主持，培训内容如下：

（1）交通部人劳司副处长严红介绍培训内容、注意事项和外事纪律。

（2）中国国际人才交流协会办公室副主任徐浩庆介绍：

①中国国际人才交流协会背景及概况；

②美国概况（交通运输、政府、社会、经济）；

③培训有关要求。

（3）中国国际人才交流协会雷部长介绍：

①佐治亚州和亚特兰大概况；

②培训团生活学习情况。

（4）交通部公路司张宝胜副处长（第三期培训团团长）介绍：

①中国公路基本情况和主要特点

• 高速公路迅速发展；

• 公路桥梁建设处于世界领先水平；

• 公路建设筹资力度逐年加大，完成投资逐年增加；

• 实施了通县公路、通达工程和农村公路建设。

②中国公路建设管理应重视的问题

• "一个不适应"：公路建设不适应经济社会发展需求；

• "五个落后于"：管理落后于新形势，道路运输落后于公路建设，改革落后于发展，认识落后于实践，交通安全落后于经济社会全面发展的更高要求。

• 交通基础建设领域反腐败形势十分严峻。

③我国公路建设面临的主要任务

•要加强涉及行业发展重大战略性问题的研究；

•继续加快国道主干线建设；

•把质量放在首位，提升质量管理内涵；

•实施最严格的耕地保护制度；

•切实改善西部地区和农村公路的交通条件；

•规范收费公路的发展；

•严格治理公路超载超限运输。

④第三期培训团学习和生活情况

培训结束后，培训团成员进行了简要分工：

李怀健：培训团团长

雷　波：临时党支部书记

詹建辉：培训团副团长

信红喜：行李负责人

冯　莨：考勤负责人

科罗拉多大峡谷

2004年2月28日 星期六

艰苦的旅行

培训团10∶45准时在北京外国专家大厦集合去首都国际机场，办完海关申报、行李托运、边防检查、安全检查后顺利登机，CA983航班于14∶45起飞，直飞太平洋彼岸洛杉矶。

在约12小时的飞行途中，航班服务员为我们安排了一顿正餐和第二天的一顿早餐，中间还分发了饼干和饮料。在漫长的飞行途中除了睡觉就是不时到机舱尾部活动一下腿脚，再就是和座位旁一位美国圣地亚哥的建筑师聊天（从聊天中得知，他正在与天津一家公司合作做工程）。这位美国人很友好，在我和团长李怀健讨论要不要如实申报随身所带货币数量时，因为按美国海关规定随身所带货币超过10000美元（包括货币、旅行支票、债券等）时应如实申报，否则有可能全部货币被没收，他轻松地对我说，"Don't worry,the Custom is very kind"。

经过12小时飞行，CA983航班于当地时间10:05准时降落在洛杉矶国际机场，这时是北京时间14∶05。从机场望去，我只能见到一座海拔并不高但连绵起伏的山峰，还未来得及看一下洛杉矶的面目，我们就急忙通过海关（接受行李检查，要求将托运行李的锁打开交付托运），并由出口乘坐B-BUS(机场免费交通车)至第5站，办好DELTA航空公司飞往亚特兰大（ATLANTA）的登机牌，通过安检后进入57号登机口候机。在整个转机过程中，中国国际航空公司一位小伙子为大家提供过关及导向服务，使过境同胞大大地节省了时间，其耐心细致的服务让我们深切地感受到了祖国一家亲的温暖。

从洛杉矶到亚特兰大，空中飞行时间约4小时30分，飞机降落在亚特兰大国际机场时已是美国东部时间28日21∶00（亚特兰大与洛杉矶有3个小时时差)。走出亚特兰大机场时，我们顺利地与中国国际人才交流协会驻亚特兰大代表处伍再辉主任等接机人员碰了面，代表处安排了两辆FORD车接培训团全体成员及行李，并中途在一家香港经营的喜相逢酒店吃饭后，将我们送到The Falls Apartment Homes，时间已是当地时间晚上12时。培训团根据情况将全体成员分配到三个不同的TOWNHOUSE住下，我和江苏公路局闵建勇以及中交公路规划设计院的冯莨合住一个TOWNHOUSE，我们收拾好行李熄灯休息时已是美国东部时间29日凌晨1:30。

今天是一次艰苦的旅行，从北京时间28日14:45起飞，至美国东部时间29日凌晨1:30，全程共耗时23个小时，其中在飞机上就渡过了近17个小时，加上时差反应，每个团员都疲惫不堪。在洛杉矶至亚特兰大的航程中，我基本处于休眠状态，印象最深的是，吃东西要自己掏钱买，我花了8美元要了一份火鸡汉堡。

2004年2月29日　星期日

安营扎寨

可能是时差的原因，虽然经过了28日艰苦的旅行，29日7:15我就睡不着了，随即起床到所住的TOWNHOUSE散步，这是我在国内多年来养成的习惯。

我们居住的THEFALLS环境十分优美，一座座TOWNHOUSE随地形起伏散落在树林之中，早晨睡在床上还能听到鸟儿轻快的鸣叫，这对于长期居住在武汉喧嚣环境中的我来讲，确实是十分难得一遇的，使人仿佛置身于山野空谷之中，有“鸟鸣深山中，云深不知处”的心境。

我沿着TOWNHOUSE的小道来到一个小水塘边，看到有十来只鸭子在水中悠闲地觅食游玩，水塘中间还有一座小木桥凌空飞架，数座亭台点缀其间，一看就知道这些是TOWNHOUSE开发商刻意营造小区安静祥和氛围的悉心之作，这些点缀确实为The Falls增色不少。我在约40分钟绕小区两圈的散步中，发现这些专供出租（FORLEASE）的TOWNHOUSE已住满了人，TOWNHOUSE的停车位也停满了各式的小车。

散完步，我用接待我们的范德敏先生的手机与国内通了电话，告诉家人我已安全抵达亚特兰大，同时与我原来的同事周敏取得了联系，她于1995年就来到了美国，现在已取得了美国的绿卡。

吃完早饭，范德敏先生带我们去中国城一家香港人开的超市和韩国人开的Farmer Market采购日常生活用品和菜。中午，培训团全体成员就动手开始做饭。

下午，稍事休息后，我们又结队到The Falls附近的各超市采购物品。美国的超市功能比较单一，像专卖店，星罗棋布地散布在地面上，每个超市门前都有一

个比超市大得多的停车场，充分体现了美国地大物博但人烟稀少的特点，我想咱们中国是不可能这么干的。

我们正在购物时，周敏打来电话说她已到The Falls了。等我返回TOWNHOUSE时，她和她的先生已在TOWNHOUSE门前等了半个小时了。我们在TOWNHOUSE寒暄了很长的时间。他乡遇故知。虽然我和周敏在设计院时交往不多，但我毕竟是从家乡来且曾是校友和同事，周敏对我的到来感到非常高兴。聊天后，她和先生热情地请我到中国城一家台湾人开的饭店吃晚餐，席间虽因为人少，不像在国内请客那么热闹，但主人的热情和大方却溢于言表。

吃完饭，他们又驱车半小时送我回TOWNHOUSE。到美国的第一天就这么充实的过去了，我没有一点人在异乡的陌生感和孤独感。

学习期间自己动手做饭

The Falls小区

2004年3月1日　星期一

走近亚特兰大

今天上午，我和李怀健、雷波一起跟范德敏先生谈费用的事，我们都感觉他报的房租太高，希望他能适当优惠，经过一番讨价还价，他同意在我们去华盛顿、纽约等地方参观时承担7天的住宿费。

下午，范先生又驱车带我们去亚特兰大市中心参观，我们参观了富人区、市中心、黑人区、1996年亚特兰大奥运会主会场旧址和CNN（Cable News Network）总部，以及CNN总部门前的OLYMPIC广场。

亚特兰大的富人区，展现在我们面前的是一座座环境幽雅的大型别墅，我们经装修工人同意，还参观了一幢正在修建的别墅，虽还未装修好，但我们可以想象其奢华。我禁不住向一位工人询问价格，他热情地拿出效果图给我看，上面标着2895000美元的天价，美国富人的财富可见一斑。

来到黑人区，我们看到的是与富人区形成鲜明对比的脏乱差现象和类似TOWNHOUSE的房子。平心而论，黑人区居住条件和环境与国内大多数人相比要强许多，其脏乱差的程度也不比国内某些大城市严重，但在美国，黑人好像很不满意他们的生存状况，他们在路边树起的广告牌上“愤怒”地写着“WE BUY UGLY HOUSES”（注：这是一家房地产商的广告，这里“UGLY”并不是丑陋的意思。广告这样写是开一个玩笑而已！）。

在亚特兰大的市中心，我们看不到它的豪华，整洁的街面上行人稀少，

OLYMPIC广场上有一队学生在老师的带领下参观。他们来到广场中，在挂有举办过奥运会国家的国旗下和现代奥运会创始人顾拜旦的雕像前听老师讲课。我猜想大约是美国人在对下一代进行历史和爱国主义教育吧。他们有理由自豪，因为美国在历史上举办过四次奥运会。

美国人勤俭办事的习惯，从奥运会主会场旧址可见一斑。当范先生带我们来到旧址时，我们看到的是只有约四分之一的会场，并且已改造成一个棒球场，能提醒人们这里曾举办过奥运会的只有公路上一个五环标志和“1996”的字样。据范先生介绍，就是这样一个会场，亚特兰大市政府还为了平衡城市发展，而选择在黑人区修建，他们似乎并不怕暴露自己的“阴暗面”。

当我们来到《飘》（Gone with the Wind）的作者玛格丽特·米歇尔（Margaret Mitchell）的故居参观时，我才感觉到了这座城市的文化底蕴。故居的周围早已高楼林立，但亚特兰大市政府富有远见地将它保留了下来，并在其旁边专门设立了供参观的停车场，其他车辆一概不许进入，还立牌警告说“Violators on their own expensive（违者后果自负）”。

返回TOWNHOUSE时，正值亚特兰大人下班的高峰，我们在一座立交桥上遭遇了较严重的“JAM”（堵车）。这里可以看出美国人的居住习惯，大多家庭都居住在郊区环境优美安静的别墅或TOWNHOUSE之中。难怪人们说，美国是车轮上的国家，联想到昨天购物的情形，我能理解“在美国没有车就寸步难行”的含义了。

在Farmer Market采购生活用品

2004年3月2日　星期二

初访佐治亚理工学院

今日9:00，我们驱车到佐治亚理工学院（GEORGIA INSTITUTE OF TECHNOLOGY，简称GEOGIA TECH）土木与环境工程系（SCHOOL OF CIVIL AND ENVIRONMENT ENGINEERING）与系领导见面，系副主任瑞克斯先生（Mr.RIX）接待了我们。瑞克斯先生向我们介绍了培训的课程安排，带我们参观了水力实验室和学生上网的教室。他告诉我们，他将向学院申请准许我们在校培训期间和学生一样上网或到图书馆阅读。

从瑞克斯先生给我们的学院MAP资料介绍可知，佐治亚理工学院是美国一所重要的大学，在美国和世界上都享有很高的声誉。学院现有学生近16000名，来自全美各州和世界上120多个国家，学校历年在全美排名都很靠前，最好时排在前九名。

佐治亚理工学院Mr. RIX介绍培训课程安排

初到学院，感觉这里环境十分优美，每个建筑物之间留有很大的绿化场地和停车场。校园内大树参天，微风吹拂下枝叶轻扬，尽显校园儒雅的绅士风度。教室内学生上课也很安静，教室门上都写有“NO DRINK OR FOOD”的禁令，井然有序的教室里每个课桌上都摆有计算机，显示了学校的实力。

参观佐治亚理工学院水力实验室

培训团成员与佐治亚理工学院Mr. RIX合影留念

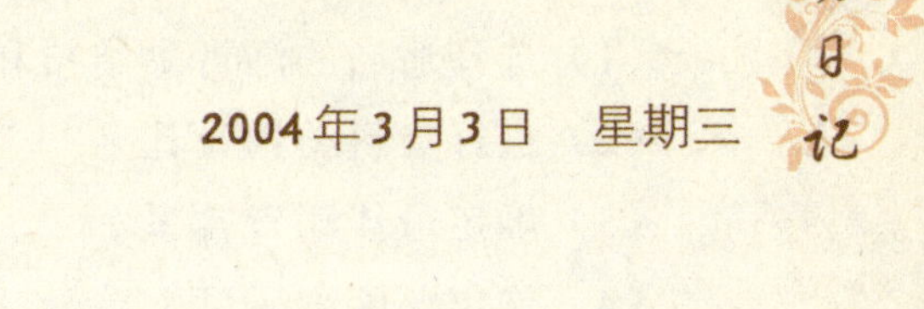

2004年3月3日　星期三

佐治亚理工学院第一课

今天，我们是第一次在GEORGIA TECH上课，12:00我们准时从The Falls出发，用了不到30分钟就到了学院，进入122教室时，JAMES LAI教授已在那里作授课的准备。

JAMES LAI是中国人。他自己介绍说，他出生在广东潮州，少时去了台湾，1967年来到美国，今年已经67岁了，两年前办了退休手续，但现在还带着两个研究生。这几年赖教授经常回国内，作为路面方面的专家，经常被台湾以及江苏、上海等地请去讲课，得知我是从湖北来，他告诉我，他有一次回国，曾经重庆到宜昌然后又赶到武汉上飞机，走过武汉至宜昌的高速公路，觉得那条路路面质量不高。

佐治亚理工学院

赖教授讲课的内容主要是路面设计（PAVEMENT DESIGN），包括沥青路面和水泥路面设计。赖教授讲课的内容我们在国内都接触过，但他关于路面设计的一些观点却是鲜明而又别具一格的。他开场就谦称，路面设计实在没有多少学问也并没太多可谈的，主要还是经验设计，路面质量的好坏与设计的关系不是很大，主要是与环境、施工质量和材料品质有关。根据他的观点，路面设计应针对路面经常出现的病害，在试验检测和不断总结经验的基础上对症下药，从材料选择和混合料设计施工等方面着手控制路面质

量。他认为路面设计应按以下步骤进行：

（1）选择适当的沥青黏结料和集料；

（2）进行集料结构设计；

（3）确定最佳沥青含量；

（4）确定湿度敏感度；

（5）评估沥青混合料的特性。

JAMES LAI讲授路面设计

赖教授着重介绍了美国选择沥青黏结料的PG-GRADED（Performance-Graded）法，以及和沥青混合料设计的马歇尔（MASHELL）法和SUPERPAVE法，并比较了两种混合料设计方法的优缺点。他指出，SUPERPAVE设计方法程序较复杂，且按该法设计的混合料的疲劳特性还没有得到验证，他对现在大规模采用SUPERPAVE设计表示担忧。

在课后的提问和交谈中，团员们就各自的关心向赖教授提了很多问题，气氛十分热烈，原定16:00结束的课延迟到17:30才结束。我向赖教授提了以下的问题：一是美国是否有专门SUPERPAVE和SMA的规范；二是各州对这两种路面在使用上是否有倾向性；三是各州公路设计文件是否需要联邦主管部门的批准。赖教授对上述问题一一作了答复：一是联邦已制定了SUPERPAVE和SMA的专门规范；二是联邦交通主管部门花了很大的精力研究SUPERPAVE，当然希望各州推广，但至今仍有的州不愿或不敢使用，佐治亚州州际公路面层都采用SMA（次要公路采用SUPERPAVE），尽管SMA在美国比SUPERPAVE造价要高30%；三是各州州际公路的设计文件需要联邦政府的批准。

通过这堂课，我们对美国路面设计施工的方法和思路有了初步的了解，赖教授还告诉我们，到佐治亚州交通厅后，可以再向那里的工程师请教，更多地实地考察佐州的路面设计和施工。他自豪地说，在美国佐州的公路是最好的，乘车人闭着眼睛就能感觉到是否走出了佐州。

在佐治亚理工学院校园

2004年3月5日　星期五

见面会

今天下午，在Mr.Rix主持下，GEORGIA TECH和佐治亚州交通厅的有关领导和授课教授与培训团全体人员举行了一个简单的见面会（RECEPTION）。大家结对分坐在五张桌子旁，边喝着咖啡吃着点心，边聊天，形式十分轻松愉快。

Mr.Kahn是结构方面的专家，和我有更多的共同语言。我们很自然地聊到了桥梁发展的新技术，双方最感兴趣的是桥梁建设和加固的新材料。他介绍说他正在进行高强混凝土的研究，试验室已做出了200MPa的高强混凝土，我表示对他的研究很感兴趣，希望他能给我一些资料。他指着旁边的材料试验室主任对我开玩笑说：“只要她同意给我就给”，接着却马上问我：“Do you want CD or PDF”，还未等我回答，另一教授抢着替我说：“CD,

见面会上与美方结构专家交流

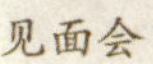

见面会

OF COURSE”（当然是CD了），Mr.Kahn见我点头，就很爽快地说“OK”，答应再给我们授课时带给我一张CD光盘。

接着，我又向他了解轻质混凝土和纤维加固材料在美国的发展情况。他介绍说，美国在加州已采用轻质混凝土修建了一座跨度35米的桥，轻质混凝土的比重仅为1.65吨/立方米，大大地减小了结构的重量和尺寸。当我提出想参观他的试验室时，他欣然同意，并又对我开玩笑说“我现在就要回试验室给学生上课了，你也一道去吧”。

这样一个简单的见面会，让我们和教授们拉近了距离，大家谈得十分融洽，我深切地感受到土木工程师之间天然的友谊。当我们聊到中国的胡锦涛主席就是土木工程师出身时，Mr.Kahn高兴地说，美国不知道什么时候能有一位搞土木的总统。一位叫DAVID的材料工程师还主动走过来对我讲，他决定把他授课的时间由两小时延长到三小时，并说他将准备好文字材料给我们。对他的好意我连忙代表大家表示感谢。

见面会快要结束时，Mr.Rix还请Global Learning and Conference Center工作人员带我们参观了该中心，给我们印象最深的是中心的四个多功能报告厅，报告厅有卫星通信功能，可将报告厅内的活动及时传送到世界各地。Mr.Rix半是调侃地说，GEORGIA TECH以Global Learning and Conference Center为荣，每当参观者到学院来，我们都要带到这里来看一看，我友好地回应道“It's really wonderful”，大家都会心一笑，愉快地结束了今天的见面会。

亚特兰大市中心一瞥

2004年3月6日　星期六

他乡遇故知

我们2月29日采购的菜到今天才基本吃完。9:00我们和831的同志冒雨去采购下一星期的菜，采购地点主要是韩国人的FARMER MARKET，这里的蔬菜比较新鲜，价格也还能接受。

13:00雨过天晴，凉风习习，大家想出去的愿望比较强烈，一番商量后大家决定去亚特兰大最有名的国家公园——石头山公园（STONE MOUNTAIN PARK）。公园离我们的住地不远，汽车在快速路上行驶了不到30分钟就到了，一进公园汽车收费站，我们立刻就被公园的美景吸引了。

佐治亚理工学院一角

石头山公园有山有水，林荫夹道，绿草如被。石头山东北面山脚下有按19世纪美国南部小镇风格建起的集市，集市上有酒店、面包店、水车、戏院等仿古场所，一家玻璃加工店还现场表演19世纪美国南方玻璃加工的全过程。集市里游人如织。

石头山的主体可以看作是一块巨大的石头。据资料介绍，石头山是2亿7千5百万年前因地球地壳运动，岩浆喷发出地面形成的，岩体主要是花岗岩（GRANITE），整个石头山几乎是一整块花岗岩，岩体大部分是裸露的（NAKED），风化程度较低。

石头山的东面有美国南北战争期间著名将领罗伯特·李和南方联盟总统塞维斯以及亚城守备司令并肩而立的雕像。据说该浮雕有一个橄榄球场那么大，是世界上最大的雕像。围绕石头山有仿古的蒸汽机车来往运行，连站台都是美国南方19世纪火车站站台的模样。游人上山可选择缆车（TRAM）和爬山，花7美元乘缆车只用不到五分钟就可以轻松上山，但我不甘心就这样上去，提议大家爬山，这样既可锻炼身体享受爬山的乐趣又能节省DOLLAR（美元），大家欣然同意。

于是，我们乘车来到山的西面徒步上山，西面山坡十分平缓，我花了不到24分钟就到了山顶，比其他同志快了十多分钟。石头山虽然不高，但是整个亚特兰大市的制高点，站在山顶极目四望，亚特兰大几乎被森林所覆盖，只有约20公里外市中心的几幢摩天大楼跃入眼帘，让人感觉到亚城的存在。

晚饭后，全体团员应约到周敏家做客。由于是下班时间我们的司机已经回家，周敏夫妇把家里的两部车都开来接我们。她家离我们的TOWNHOUSE约30分钟的车程，位于亚城东北部一个环境较好的社区，是一幢建筑面积约300平方米的独立别墅。别墅内装饰很讲究，大家看后赞不绝口，我也禁不住拿起相机照了几张照片，以便回国时给周敏在院内的一些朋友看一看。

寒暄一阵后，周敏提议请大家唱卡拉OK，并首先带头唱了一首老歌，歌声优美不减当年，据她自己介绍在亚城华人春节联欢晚会上她也经常表演节目。

受她的感染，大家的兴致很高，有的团员一首接一首唱个不停。卡拉OK不是我的强项，唱了一首《北国之春》之后，我就和蒙先生边打“拖拉机”边聊天。从蒙先生的言谈中，我感觉到虽然他们生活条件优越，但比较单调，他们时常思念国内的亲人，忍受亲情的折磨。我很能理解他们的心情，向他介绍了国内一些情况，并请他经常回国看看。

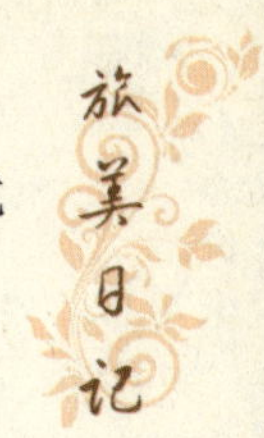

这一夜大家过得很开心，一直到22:30我提议离开，大家好像还意犹未尽。

与昔日同事周敏夫妇合影

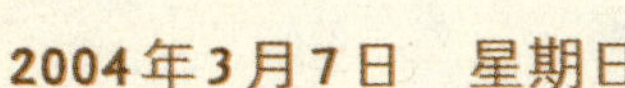

2004年3月7日　星期日

卡特博物馆和马丁·路德·金故居

今天早晨出门散步感觉天气十分的冷，前几天穿衬衣还嫌热，今天穿上夹克还冻得发抖，亚城春天气温变化之剧烈与武汉别无二致。

星期天没有课，我们决定去美国前总统吉米·卡特的博物馆（CARTER CENTER）和马丁·路德·金的故居参观。

吉米·卡特是佐州唯一当过总统的人，佐州自然引以为荣。在卡特总统退休后，家乡有钱的大公司捐钱为他修建一座公园式博物馆。这在美国几乎是一个惯例，退休总统衣锦还乡，都要在家乡建一个图书馆或博物馆以作纪念。

通往卡特中心风景如画的公路

卡特总统是农民出身，为人厚道，是一位在位时政绩平平、退休后最为活跃的总统。美国人总结说他在位时只做了六件事，但其中中美建交却是载入史册的大事。退休后，卡特总统不断出现在世界政治舞台的中心，曾出面调停过中东危机和朝美核危机，在美国与伊拉克的猫鼠游戏中也曾来往穿梭，是美国唯一的在退休后获得诺贝尔和平奖的总统[1]。如今，卡特总统已是八十高龄的老人了，但他还十分热衷于中美友好事业，曾多次前往中国考察农村基层民主选举，并向国会提交了积极的评价报告。

卡特中心除了一座博物馆外，还有一座挂满美国各州州旗的广场和一座后花园，广场上州旗呈圆形等距离布置，圆心则是一面高度稍高的美国国旗。后花园里除了一位日裔参议员捐建的小湖外，还有各种花草，这个季节的红梅花十分鲜艳夺目，为卡特中心增色不少。

约11:30，我们离开了卡特中心，来到相距不远的马丁·路德·金的故居。马丁·路德·金是美国二十世纪著名的黑人人权运动领袖，出生在一个富裕的黑人家庭，从小受到良好的教育，获得了博士学位，这在当时美国的黑人世界确实是凤毛麟角。

马丁·路德·金故居

❶ 美国前副总统戈尔卸任后获2007年度诺贝尔和平奖。

1955年，一位黑人孕妇因在公共汽车上没给白人让座而被逮捕和毒打，从而引起了全美黑人争取平等权利的暴动，但是暴动很快遭到白人的镇压。在这个关键时刻，马丁·路德·金站出来号召黑人采取和平斗争的方式。他说，枪在白人手里，监狱在白人手里，暴动只会断送争取人权的努力。马丁·路德·金用其富有感染力的演讲，将黑人团结起来，进行坚持不懈的斗争，同时争取白人的同情。其著名的演讲《I Have a Dream（我有一个梦想）》曾把许多白人感动得潸然泪下，这篇演讲也被视为典范而在全世界广为流传。1968年马丁·路德·金在准备组织游行时遭人暗杀，时年仅39岁。

马丁·路德·金死后，也许是害怕黑人的暴动，也许是为他的精神所感动，美国国会很快就通过了平权法案，从法律上保证有色人种与白人享有平等的权力。马丁·路德·金死后享有崇高的荣誉，美国政府买下了他的故居，并在故居周围设立了国家保护区和纪念他的博物馆，现在美国各大城市都有马丁·路德·金大街，他去世的纪念日被定为全国假日，连美国开国总统华盛顿都未能有此殊荣。

马丁·路德·金故居在AUBURN大街（现已更名马丁·路德·金大街）上，周围仍然住着许多黑人，这里的黑人大多比较富有，小区环境优美，宁静安详。如果不是马丁·路德·金的故居和博物馆，人们也许很难联想起那一段历时14年波澜壮阔的斗争历史。站在AUBURN大街504号（该建筑已拆除，只留下了屋基）旧址前，我向一位美国人询问它的历史，他告诉我，这里原来是一位德国人开的棉花店。

在马丁·路德·金的博物馆，我们看到了许多马丁·路德·金的名言，各个展厅里都播放着他的演讲和介绍其事迹的录像。看到他的名言，我对他更加敬佩，我拿起相机拍下了“Who can take the lead of ending the injustice”和“Learning from the past,Look to the future”以自励。

参观完卡特中心（CARTER CENTER）和马丁·路德·金的故居，联想到亚城对《飘》的作者故居的保护和石头山上的浮雕，我感觉到了美国人强烈的人文意识。

2004年3月8日　星期一

美国交通运输

今天上午是我们第二次听课，授课的教授是MR.MICHAELD.MEYER。MEYER先生经历丰富，来GEORGIATECH之前曾做过马塞诸塞州交通厅厅长以及波士顿大学教授，为人幽默风趣。MR.MEYER授课的内容是《TRANSPORTATION IN THE U.S.A(美国的交通运输)》。

MR.MEYER先后讲述了美国交通运输的组成、管理机构、交通运输工程项目的管理以及交通运输工程项目的筹融资措施。

美国的交通运输形式与中国没有区别，包括公路、铁路、航空、水运、管道以及城市公共交通等。其中公路分为州际公路（INTERSTATE HIGHWAYS）、国道（NATIONAL HIGHWAY SYSTEM）（NHS）和地方公路（NON-NHS），里程分别达到46068英里、112855英里和3785674英里。美国现有小汽车（CAR）1亿3千万辆，轻型卡车（LIGHT TRUCKS）7千万辆，商用卡车（COMMERCIAL TRUCK）710万辆，公路交通承担80%的客运量和24.7%的货运量。值得一提的是，NHS里程只占全国公路里程的4%，但承担着60%小车运量、75%的货车运量和85%的旅游交通量。

MR.MEYER讲授
TRANSPORTATION IN THE U.S.A

美国交通运输管理分四级，第一级为联邦运输部（U.S DOT），下设铁路局(FRA)、城管局（FTA）、航空局（FAA）、公路局（FHWA）、水运局（MARITIME）和安全管理局（NHSTA），原有的国家安全的职能已移交新组建的国家安全局；第二级为州政府的交通厅（STATE DOT），下设计划及发展处（PLANNING/PROJECT DEV）、工程处（ENGINEERING）、施工处（CONSTRUCTION）和养护处（MEANTAINANCE）等部门。州一级交通部门还要受到州经济管理、环境保护、公共安全以及其他政府部门的制约；第三级为市规划机构（METROPOLITAN PLANNING ORGANIZATION）（MPO）和地方交通运输处（REGIONAL TRANSIT AGENCIES）；第四级为市以下的地方交通部门（LOCAL LEVEL TRAFFIC/HIGWWAY DEPTS）。四级交通政府机构对交通运输负有不同的权力和责任，单就公路建设而言，联邦运输部主要负责审批州际公路走廊的规划和设计、各州交界控制点以及向州际公路建设拨款；各州交通厅负责本州公路的规划、建设和养护管理；市一级MPO负责本市公路交通的规划，当州交通厅规划与本市规划有矛盾时，市可向州交通厅提出不同意见；地方一级交通主管部门负责公路建设的地方协调（如征地等）。

项目的规划和实施分为规划（PLANNING）、计划（PROGRAMMING）和实施（DEVELOPMENT）三个阶段。规划又分为联邦规划、州规划和区域规划。区域规划主要是吸收MPO PLAN、RDC PLAN（REGIONAL DEVELOPMENT COMMISION）和LOCAL PLAN的意见对联邦和州规划进行修改完善。进入PROGRAMMING阶段，主要是进行可行性研

MR.MEYER在讲授美国交通运输

究，制订项目工作计划和州交通改进计划（STATE TRANSPORTATION IMPROVEMENT PROGRAM）。进入项目实施阶段后，即可开展项目的经济、环境敏感性分析以及项目初步设计和施工图设计。项目初步设计阶段的管理与国内基本一致，所不同的是，在确定项目的NEPA、MEPA并通过联邦、州、地方环境、法规评估后还需举行公众听证会。初步设计经批准，完成施工图设计后即可开始项目施工。在美国，项目设计阶段往往需要5~6年的时间。

MEYER先生介绍说，在美国公路建设资金来源主要有：联邦拨款、公路建设债券、公共或私人投资、税费、出卖资产使用权（转让路权、空权出租、管线使用权等）。联邦运输部一般只对州际公路拨款，金额约占总投资的90%。美国与公路建设有关的税收成分很多，主要包括：州燃油税、汽车使用年税、地方交通税、销售税、啤酒税、外来雇员税、地段增值税等。

MR.MEYER一直讲了两个小时，虽然已过了12:00，但他仍给了我们20分钟提问的时间，足见其认真的程度。在他整个讲课的过程中，我全神贯注地听着，令我欣喜的是，我几乎能听懂他的每一句话，尽管这对我来说很辛苦。

中午我们在GEORGIA TECH学生食堂就餐，餐厅取食、付款、就餐、离开，流水线似的布局体现了美国人追求高效率的风格。在学生食堂就餐并不便宜，我要了一份色拉、一个鸡块、一份米饭（大约不到2两），花了6.6美元。

下午，MRS.KAISER带我们参观了图书馆，并给我们详细讲解了网上查阅资料的方法，最后还带我们来到一楼的网络室上网。在网上我浏览了图书馆网站全部的菜单，并下载了两篇桥梁方面的论文，我打算在美期间翻译出来寄回国内发表。

在大学图书超市

2004年3月11日　星期四

考察75号州际公路

考察美国75号州际公路

今天13:00整，培训团全体成员由TOWNHOUSE出发，实地考察美国75号州际公路。

75号公路从南卡罗来纳州进入佐治亚州，穿过亚特兰大市后，向南一直延伸到紧靠大西洋的佛罗里达州。我们实地考察从亚特兰大市出发，向佛罗里达州方向前行2个小时，约120英里，终点到达MACON（梅肯）市。梅肯市的ROBINS镇有一美军空军基地，基地建有航空博物馆，我们参观航空博物馆后原路返回亚特兰大，全部行程约270英里。

75号州际公路是我第一次在美国的州际高速公路上旅行。据司机介绍，州际高速公路是政府投资兴建的，是不收费的高速公路。75号州际公路俨然是一条森林中修建的高速公路，我们走过的120英里高速公路两边几乎全部是茂密的森林，高速公路为了保护环境并没有刻意追求高的线形指标，路线为适应高低起伏并不大的地形，多处采用了较大的纵坡，很多地方平曲线半径也不大，有的好像还用到了极限值。设计人员保护环境的良苦用心还可从一个视点多个连续竖曲线和不时设置的分幅路基看出来。难怪Mr.MEYER说，在美国，环保部门比军方更厉害。为了提醒司机注意安全，不同设计车速路段都有限速提示，限速从55~70英里/小时不等。

全线的车道数也是不断变化着的，不用问，车道数的变化是根据区间交通量来确定的。亚城出口段为10个车道，中间交替出现四车道、六车道和八车道。75号高速公路进出口之多在中国是罕见的，120英里（193公里）的路段大约有40多个进出口，这可能是区间交通量频繁变化的重要原因。

高速公路上的交通安全设施也相对简单，因公路很好地适应了地形的起伏，基本上没有高填方，因此大部分路段没有设置防撞护栏，分离式路基中央分隔带也没有设置安全护栏。

佐治亚州高速公路路面质量名不虚传，我们经过半幅路面刚刚加铺沥青混凝土的路段时，看到上下行路面黑白分明，以为白色路面是水泥混凝土路面，下车细究时才发现白色是沥青混凝土路面长期磨耗形成的。即使是这样，我们仔细观察发白的沥青混凝土时，也没有发现路面有坑槽、剥落、龟裂等沥青混凝土路面常见的病害。

ROBINS AIR FORCE BASE的航空博物馆也引起了我极大的兴趣。博物馆一楼大厅是一架美军F-15A型战斗机，其他展厅则陈列着介绍美国空军历史的图片和一些实物或模型。博物馆外的广场上停着各式各样的战斗机、运输机、侦察机，不少飞机是怪模怪样的庞然大物。美国空军自二战开始，至今仍在服役的，“臭名昭著”的B-52也赫然其中。

一楼展厅的资料有很大一部分介绍了美国空军与中国的不解之缘，其中既有抗日战争期间第十四航空队与中国人民并肩作战的友谊，也有十年之后在朝鲜战场上兵戎相见的尴尬，让人不禁想起那句富含哲理的话：“世界上既没有永远的朋友，也没有永远的敌人”。

参观ROBINS AIR FORCE BASE航空博物馆

2004年3月12日　星期五

美国车展和亚特兰大CNN大楼

今天凌晨，我们居住的小区发生了一起火灾，九栋有一个单元被烧毁。但是早上散步时，我并没有发现有火灾，只是对一大早路边就出现一辆电视转播车感到奇怪，没有深究它为何而来，直到闵健勇从外面回来，告诉我发生了火灾才明白过来。更令人奇怪的是，当我吃完早饭到住在九栋对面的雷波等人住的831号楼，告诉他们九栋发生了火灾时，他们才知道有这么一回事，其时已是早上8点多钟，消防队员正在收拾消防车准备离开。雷波拿起录像机，对着现场边录边自我解说："昨天夜里，我们对面的九栋发生了火灾，但我们都不知道，一方面说明我们睡得好，另一方面说明美国消防人员不扰民。"我听了直想笑，我不知道应该表扬美国人，还是应该取笑他。

美国人的房子大多是木头做的，很容易引发火灾。这件事还是引起了我们的警觉，我担心火灾是因为户主忘记关厨房电炉而引起的，反复告诫同志们"万万不可粗心大意"。除此之外，火灾没有在THEFALLS引起太大的骚动，现场也没有人围观，人们的工作生活一切照常，下午，我们还是兴致勃勃地参观了在亚特兰大CNN大楼边的世界会议中心举办的2004年汽车展。

汽车展是ATLANTA一年一度的节目，展商的标语明白无误地告诉我"SEE YOU IN 2005"，但明年我肯定不会来ATLANTA。汽车展虽然是在室内举行的，但场面十分宏大，世界上各种著名品牌在这里几乎都可以见到。令人遗憾的是，在国内已建厂的AUDI、PASSAT、HONDA、BUICK等汽车没有来自中国的产品，以致我在与汽车现场服务人员交流时黯然神伤，尽管她们可能以为我是要买中国来的汽车。

早就听人说美国汽车非常便宜，今天亲眼所见，方感到此言不虚，在国内十分风光的AUDI、PASSAT、HONDA、BUICK、TOYOTA和LUXUS等名车，售价大多在1.8万至4万美元之间，即使是AUDIA6 3.0也就4万美元。由此看来，在国内购车黄金时代的到来还尚待时日。

参观车展和亚特兰大CNN大楼

2004年3月14日　星期日

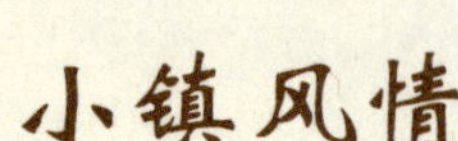

小镇风情

今天是我们到美国来后的第三个星期日，亚特兰大已摆脱了冷空气的影响，天气晴朗，温暖的阳光让人游兴十足，我们不甘心在TOWNHOUSE里浪费春光，决定走出亚特兰大，到农村去看一看风土人情。

为了选一个合适去处，我们对着地图研究了半天，最后决定去佐治亚州北部的边境小镇HELEN。据司机介绍，HELEN镇是佐治亚州较著名的旅游景点，离亚特兰大不到两小时的车程。

我们在亚特兰大上85号州际公路，大约20分钟后转向北上了985号州公路。85号公路与75号公路大致差不多，但985号州公路的水泥混凝土路

面引起了我们的兴趣。这条公路虽然是水泥混凝土路面，但路面的平整度和行车的舒适性与沥青路面却相差无几，我们禁不住请司机停车，下车仔细查看了混凝土板间的横缝和路面的状况。其横缝只是整体混凝土板上切割一条宽深约2厘米的凹缝，其间并没有填缝料，再看路面状况时，除了偶尔出现的一些裂缝外，也没有发现别的诸如国内经常出现的断板、啃边、坑槽等病害。我的见识不多，不敢妄下断言，有的团员却大胆地说，国内没有一条水泥混凝土路面能与它相比。诚如此言的话，到州交通厅实习时，我倒要看一看我们的差距在哪里。

下了985号公路后，驾驶员把我们带到了GREENVILLE的一座名叫NEW HEAVEN的教堂，其时正好礼拜准备开始。我们一进教堂就受到了热烈的欢迎，很多不明身份的人笑容满面地与我们握手致意，口里不停地说"NICE TO MEET YOU"，我猜想他们肯定是当地的头面人物，可能相当于国内的书记镇长。有朋自远方来，不亦乐乎。我想他们可能做梦都没有想到，一下会有10来个中国人来到他们这个偏僻的教堂，他们忙不迭请我们进教堂就座，并给我们每人发了一支圆珠笔和登记卡，让我们留下联系地址和电话。我们刚坐下，9:45礼拜正式开始，首先是全体起立，共同唱一首歌。我听不懂唱的什么内容，却听得出这是一首歌词简单但旋律轻快的歌，经询问旁边的一位美国人才知道歌名是"THE WONDERFUL NAME OF

HELEN镇唯一的街道

JESUS”。这首歌唱完后，台下的信徒们相互致意后就座，唱诗班的歌声顿时响起，看得出来他们唱得十分投入。由于时间有限，我们没有等礼拜结束就要离开教堂，礼拜活动的组织者好像并不介意，他们还是面带笑容地送我们到教堂门口，很有礼貌地对我们说再见。

离开教堂，我们继续向HELEN镇赶路，沿途看到的乡村自然风光和绿草茵茵的牧场引人入胜，我们不时地停下来拍照，浑然不觉中就到了HELEN镇。

HELEN镇是山区小镇，在美国可称得上古朴典雅，整个镇围绕两条长不到300米呈十字交叉的街道建有许多欧式建筑。这些建筑大多是两层以下酒吧和小商品店，经营着各色小吃和价格不菲的纪念品。街面上跑着马车和有意拿掉消音器的摩托车卖力地提醒游人这里是一个旅游景点。事实上，在我看来，街头一条清幽的小河和河上一座略显古朴的小桥构成的“小桥流水”图才是HELEN镇的灵魂，可以说没有这一条我不知名字的河流，HELEN镇就没有了灵魂，因而也会失去她的魅力。

令我欣喜的是，街面上还有一对中国夫妻经营的热狗店，店面虽不大，生意却还火红，我们大部分人中餐都是在他们的店里吃热狗，算是对远在异国他乡的同胞的支持。这一对在HELEN镇的东北夫妇，让我感叹真是“到处都有我们的人”。

HELEN镇的图书馆

2004年3月15日　星期一

GIS系统在交通运输中的应用

按照课程的安排，今天是JAMES SAI先生给我们讲课。我们因有事找MR.RIX帮忙，就提提前半小时来到GEORGIA TECH。在上课之前，我和团长李怀健一起到MR.RIX的办公室，请他协助解决从图书馆借书、免费停车和增加旁听学生上课的科目等问题。我对他说“Thank you for your good arrangement,but we still need some help”，他很耐心地听完我们的问题后，答应帮我们解决。

JAMES SAI先生讲课的题目是GIS系统在交通运输中的应用（GEOGRAPHIC INFORMATION SYSTEM IN TRANSPORTATION）。GIS系统是州交通厅委托GEOGIA TECH开发的一套道路管理系统，是供州交通厅进行道路维护决策的信息系统。该系统自1998年开始研究，2000年交付使用。系统重要的信息包括两类数据库：一类是公路的GIS数据库；另一类则是公路路面状况的数据库。GIS数据可自动收集，路面状况数据则需要投入大量的人力进行实地调查，JAMES SAI先生在回答我的提问时证实了这一点。

系统的主要功能包括评估路面使用性能、协助制订维护计划和维护方案等，是一套有较高使用价值的管理系统。但是，该系统也有一个致命的弱点，那就是必须解决数据的时效性和代表性问题，特别是路面状况数据，不论是数据量还是收集的难度都很大，要保证其准确性和及时更新并非易事。也许不久的将来，美国能研究出自动收集路面状况数据的设备，但现在佐州交通厅还只能靠人工在交通淡季逐条路收集数据，目前他们已完成了约18000英里道路的数据收集。

JAMESSAI先生在GIS系统研究方面造诣很深，在美国有较高的声望，接下来的几个星期除了JAMESSAI先生给我们专门讲课外，我们还可以旁听他给学生上课，这对我们来说确实是难得的学习机会。

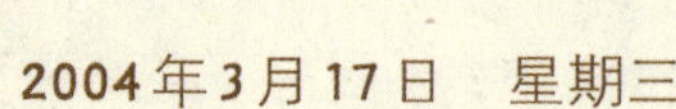
2004年3月17日　星期三

GIS系统应用之前沿技术

今天下午，仍然是JAMES SAI先生给我们上课，讲课的内容还是GIS系统的应用，侧重点是GIS应用开发的前沿技术。其中最值得一提的是实现数据的自动采集的IMAGE PROCESS TECHNIQUE。IMAGE PROCESS TECHNIQUE是利用高清晰度数码照相机自动拍摄的照片，提取GIS系统所需要的数据，以减轻野外人工采集数据的工作量。据JAMES SAI的介绍，IMAGE PROCESS TECHNIQUE目前还处在研究阶段，应用前景十分广阔。

课间休息

下午上课，MR.RIX也给我们带来了好消息。经他的努力，我们免费停车、借书等问题都得到了解决。这样我们在GEORGIA TECH图书馆就可以借出大量的图书，扫描后就可以带回国内。MR.RIX还告诉我们，他要出10天差，并说已委托了别人代管我们的事，我们有事还可以发电子邮件给他。从MR.RIX的身上，我再一次感受到美国人为人诚恳以及对工作极端负责任的精神。我们委托他的事他完全可以找各种借口推脱，但他没有这样做。

佐治亚理工学院一角

2004年3月20日　星期六

培训团成员会

今天为休息日，上午培训团成员在1524开会，研究到佛罗里达、得克萨斯、纽约、华盛顿等地参观考察的事宜。经充分讨论，大家都同意在适当的时候到上述各州去看一看，一是看看各地风土人情，二是乘车旅行，可以看一看各州公路建设的不同特点，增加感性认识。

环境优美的The Falls小区

2004年3月23日　星期二

旁听博士研究生课程

今天，我们旁听Mr.TSAI给博士研究生上课，上课的形式给我留下了较深的印象。3个小时的课分成三个部分，第一部分是请联邦交通部公路局的路面管理专家LIUS先生讲美国公路路面管理的历史、现状和发展前景。根据LIUS先生的介绍，1956~1961年间美国开始提出路面管理的概念，并逐步形成路面管理的框架，其间制定了路面和桥梁设计规程，开发了一些路面检测设备。这个时期主要是对单个项目的管理，检测的手段和项目都十分有限。到1986年，美国正式使用PMS（路面管理系统）的名称，并逐步建立了路网级数据库和项目数据库。1990年美国道路工程师协会颁布了PMS的规程，规范了美国路面管理的行为。2001年，美国开始把GIS（Geographical Information System，地理信息系统）引入PMS系统，并开发了自动监测设备，建立了各种分析模型，对路面状况、服务期和成本费用养护方法等进行综合分析。与此同时，美国集中研究一批路面自动数据收集以及路面状况自动检测设备。关于对未来的展望，LIUS先生介绍说，美国将在GIS的基础上，进一步开发GIS与INTERNET结合的管理系统，并将它与公路中的其他管理子系统如桥梁管理系统、运输管理系统和安全管理系统整合起来，建立一个功能更加完善的公路资产管理系统。LIUS先生的讲座使我对美国的路面管理发展有了比较清晰的认识。他还给我们留下2003美国东南部各州路面管理和设计年会资料的CD盘。他所带来传阅的资料中，我对2003 KEY FINDINGS很感兴趣，这本书介绍的是美国最新研究成果的摘要和主要结论，直觉告诉我，这本书一定很有价值，经他允许，我用数码相机拍下了全部40页的内容。

课的第二部分是TSAI的研究生分组（2~3人一组）介绍研究报告，全部学生分为5个组，介绍本小组研究报告的主要内容，5个小组的内容分别是GIS在水坝地震响应分析、环境保护、交通量增长、区域运输数据库和空气质量监测等方面的应用等。每个小组由1~2人介绍，介绍完后，由老师和同学提问。这种教学方式在国内较少见，我感觉它至少可以锻炼学生解决实际问题的动手能力、表达能力和组织协调能力，这大概是美国高校教育的长处之一吧。学生要完成一个专题研究，必须查阅大量的资料，并对报告有一个整体构思，同时要做好组内分工才行。

课的第三部分，是老师讲解上周四考试的题目，我注意到，老师下发试卷时，都是背面向上，这可能是尊重学生隐私的一种举动吧。

The Falls 小区一角

2004年3月24日　星期三

工程建设的综合管理

今天由Mr.Vanegas给我们讲授工程项目管理。由于Mr.RIX的失误，我们下午1点钟到122会议室时没见到老师，倒是看到另一拨人等在那里。当我拿出我们的课程表，对他们说“There must be a mistake”时，他们也觉得很奇怪。费了一番周折后，我们才知道，我们的课被调到了今天上午，但Mr.RIX忘了通知我们。Mr.Vanegas对此流露出明显的不快，但他知道这不是我们的错，他说“I want to kill Mr.RIX”。

说归说，Mr.Vanegas的情绪马上就稳定下来，并立即安排我们在117教室上课，尽管下午两点半他还有其他的事情。他今天的主题是“INTEGRATED MANANGEMENT OF AEC PROJIECTS”（工程建设的综合管理，A：ARCHITECTURE，E：ENGINEERING，C：CONSTRUCTION）。

Mr.Vanegas讲述了工程管理中VALUE、QUALITY和PERFORMANCE

等三个方面的概念和内容，强调工程管理要从大处着眼，在战略、战术和具体操作的各个层面上提高工程建设的效率和效益。他从质量、价值和使用性能等方面讲了控制工程费用要考虑的各方面因素，对质量和使用性能的概念也进行了多方面的阐述。

Mr.Vanegas讲课十分生动，他用擦黑板来为例子讲解效率和效益的区别，用盲人摸象的故事来说明工程管理要考虑多方面的因素，用请客吃饭来说明根据功能要求来决定投资的重要性。他举的例子与林彪在辽沈战役中攻打锦州时说的刚好相反。林彪说的是“准备了一桌饭，来了两桌客，这饭怎么吃？”Mr.Vanegas则说，只来2个人，用不着做6个人的饭。

Mr.Vanegas的英语讲得十分标准，听起来不怎么费力，不一会儿就到时间了，他十分抱歉地说他必须离开。临走之前，他与我们约好下一次课的时间，并说下次他大约需讲3个小时。Mr.Vanegas上课认真的态度，让我想起他在RECEPTION上对我说的话，深切地感受到他对我们的热心和友好。

乡村公路

2004年3月25日　星期四

美丽的小区

今日没有课程安排，全班去郊外考察佐治亚州州公路。下午回到The Falls小区后，拍了一些小区的图片。

75号州际公路

环境幽雅的小区

环境幽雅的 The Falls 小区

2004年3月26日　星期五

樱花节和宋氏三姐妹母校

又一轮的冷空气过去了，亚特兰大的最低气温在两天内由0℃左右上升到了20℃，大家出去走一走的愿望再一次强烈起来。昨天，团里除了我（为了看资料）和团长李怀健外，其他的人都沿20号州际公路向东一直走到了AUGUSTA，佐州过去的州府所在地。

今天，我决定参加他们的旅行，到MACON市去观摩樱花节，并参观宋氏三姐妹曾留学的女子学校。说实话，我是为后者而去的，至于樱花我们住的The Falls里就有。

MACON市樱花节

我们沿41号州道向南行驶，中间仅在一个小湖边停了约20分钟，约3小时就到了MACON市。一到MACON市，我们就对樱花节有些失望，街面上安静得根本没有节日的气氛，偶尔见到小的宣传牌上写着“CHEERY BLOSOM FESTIVAL”的告示，才让人感觉到这里在举办樱花节。当我们来到樱花街上的主会场时，才大体明白了樱花节是怎么一回事，它不过是在MACON市的一条种满

参观MACON市樱花节

樱花树的樱花街上举办的群体性活动。

樱花街并不长，大约200余米，这里倒是可以说是“人山人海”。据宣传资料介绍，MACON市每年都要办樱花节，今年是从3月19日至28日，共10天。樱花节每天都有主题活动，今天主要是音乐会。说是音乐会，也不过是在街道中心搭了个临时舞台（大约能容4人同时表演），一些歌手轮流登台唱歌，周围的观众倒也听得津津有味。今天的另一看点是，等待免费冰淇淋和饮料的人龙。我猜想，人们并不一定都是冲着免费的，制造一种节日气氛可能才是MACON市人的真实目的。美国地广人稀，向来人气不足，更何况是一个小小的MACON市呢。

WESLYANCOLLEGE宋氏三姐妹陈列室

COLLEGE宋氏三姐妹陈列室展品

我们花了不到一小时的时间就把樱花街的街景全看完了。中午，我们找到一家北京人开的名叫“CHINA WOK”的餐馆就餐，这大约是MACON市唯一的一家华人餐馆。餐馆老板娘（老板忙于后台）对我们十分热情，并主动介绍自己有一个女儿在佐治亚州立大学读书，拿的是全额奖学金。她还强调她女儿十分爱国，平时听到同学说中国不好就跟人急。我对此大为赞扬。中国虽然有这样那样的不足，但她是我们的祖国。

14:30，我们来到离MACON市中心约10英里的WESLYAN COLLEGE。一进校区，我们就惊叹她优美的环境。这所宋氏三姐妹在此留学过的女子学校，果然名不虚传。古老的校园在绿荫的掩映下，安静得如世外桃源，让人感觉好像回到了一个世纪以前。站在一栋三层楼的教学楼前，凝望校园，我仿佛能看到宋氏三姐妹当年的身影，不住地感叹斯人已矣，风影犹存。

参观WESLYAN COLLEGE宋氏三姐妹陈列室

在WESLYAN COLLEGE校园

我们来到WESLYAN COLLEGE图书馆，一位黑人馆员热情地带我们参观了宋氏三姐妹的陈列室。陈列室不大，摆设的纪念物也不多，且大多是宋氏三姐妹成名后的物品和照片，反映她们求学的，只有一张宋美龄在学生登记册上穿学生服的照片。陈列品中最引人注目的是宋美龄在民国时期出的画册，画册是于右任题写的书名，这是我第一次了解到宋美龄还有这方面的修养。翻看画册，我感觉她的绘画是很有艺术水准的，绝不是附庸风雅的平庸之作。

WESLYAN COLLEGE校园一角

离开陈列室，我们看到图书馆阅览室中还有几幅宋氏三姐妹的画像，阅览室正中央还有简要介绍宋氏三姐妹生平的一块宣传栏，标题是“China's Song sisters in Wesleyan”。很显然，Wesleyan College以宋氏三姐妹为骄傲。近年来，美国的女子学校大多经营困难，女子学校已由20年前的298座减少到现在的69座。Wesleyan College，这所有170年历史的女子学校，目前有700多名的学生，是全美发展最好的女子学校，这大约也与杰出的宋氏三姐妹的影响有关吧。

MACON市街头留影

2004年3月29日　星期一

直击NBA球赛

目前正是美国NBA联赛的赛季，到美国后一直想有机会看一场NBA的比赛，今天晚上终于如愿以偿。今天晚上是亚特兰大鹰队（ATLANTA HAWKS）主场迎战田纳西州梦菲斯灰熊队（MEMPHIS GRIZZLIES）。行前，我们听说亚特兰大鹰队球技不高，在美国东南部排名倒数第三，但梦菲斯灰熊队实力非同一般。

球赛7：30开始，我们7点就来到了亚特兰大菲利斯竞技场（专用篮球馆），利用开赛前的半小时，我们6人参观了整个体育馆。这是我所见到的设施最先进的篮球馆。馆内大约能容纳2万多人，场馆中央悬挂的四面都有大屏幕的电视系统格外醒目，场馆内的灯光将馆内照得如同白昼。放眼望去，工作人员正在紧张地忙碌着，靠近前台的铁杆球迷们也异常兴奋地在那里手舞足蹈。当我们来到前台，提出与他们合影时，他们显得异常高兴，打着V字手势冲我们高喊“GO HAWKS（鹰队加油）”。

我们买的10美元一张的票，座位在馆内最高

的一层。当我们找到座位时，比赛马上就开始了。比赛共分上下两半场，每个半场又分为两节，每节为12分钟。上半场赛程进行不到4分钟，灰熊队就以31比15领先于鹰队，场内气氛显得有些沉闷。我转身对同伴说，这是一场没有悬念的比赛，鹰队看来确实技不如人。然而没过多久，场上比分马上就改写了，鹰队在上半节快要结束时，将比分追到了28比31。这时场内观众如梦方醒般拼命地为鹰队加油，中央的电视屏幕上也不断地为鹰队摇旗呐喊，场上气氛终于活跃起来了。

上半场第二节双方将比分咬的十分紧，在31平后，双方得分交替上升，最大差距不超过10分，场上观众和啦啦队更加卖力。我们逐渐感受到了NBA联赛独特的氛围。每当鹰队进攻时，电视上就播放“Let’s go! Go! Go!”，每当鹰队防守时，电视上就提醒“DEN..FEN、DEN..FEN(DEFENCE、防守)”。灰熊队则无此幸运，每当他们进攻或主罚时，电视就出现一个做鬼脸的人，引导观众发出噪音和嘘声。鹰队在观众和电视的帮助下，愈战愈勇，比赛进行到第三节不久，鹰队便以83比81领先，而且

亚特兰大菲利斯竞技场

将优势一直保持终场前的11.2秒。

就在比赛快要结束时，鹰队还以107比104领先，正在球迷准备为鹰队狂欢时，NBA的经典戏剧再次上演了，灰熊队在最后的2秒钟以一个3分球将比分扳平，鹰队到手的鸭子飞了。

按规定比赛要加赛两个5分钟，其时已是晚上22:15，我们与司机约的时间到了。我们走出体育馆，告诉司机我们还想看完加时赛，司机很能理解我们的心情，欣然同意等我们看完，但体育馆的工作人员指着大门上方"No re-entering permitted"拒绝我们再次入内。无奈之下，大家只好意犹未尽地带着悬念回到了The Falls。

通观整个赛程，除了比赛的激烈和球员的高超球技外，美国人制造场上气氛的手法也给我留下十分深刻的印象。如整个赛程中电视上不断地播放加油的音乐；球队叫暂停的短暂时间内，啦啦队的舞蹈队上场起舞；中场休息时一些黑人精彩的空翻表演，以及比赛临近结束时工作人员会向观众抛鹰队的T恤衫等，都能让人始终保持对比赛的兴趣。

2004年3月31日　星期三

佐治亚理工学院结构试验室

今天分别由Mr.Kahn和Mr.Vanegas给我们讲授高性能混凝土和工程建设管理，中午还安排了参观GEORGIA TECH土木与环境工程系的结构试验室，是我们在GEORGIA TECH学习以来安排得最紧的一天。

Mr.Kahn给我们讲述了美国预应力混凝土的研究情况。在预应力混凝土方面，美国正进行研究的主要有：高强高性能混凝土、高性能轻质混凝土、超高强度混凝土、高强轻质混凝土和自凝混凝土。所谓高强混凝土，是指混凝土标准强度在6000psi（相当于40MPa）以上的混凝土；所谓高性能混凝土，是指混凝土有更好的延性；所谓轻质混凝土是指梁的自重加上汽车荷载的重量不超过150kips，或混凝土的设计强度大于10ksi单位重量小于120pcf的混凝土；所谓超高强度混凝土是指混凝土的抗压强度在25至30ksi（相当于150~200MPa）。

在美国高强混凝土的强度已达到10000~14000psi（相当于70~100MPa）；高性能混凝土徐变系数小于常规混凝土的一半，收缩系数小于常规混凝土的三分之

Mr.Kahn讲授美国预应力混凝土的研究情况

二，标准强度约为12~16ks之间。高性能混凝土中往往要加入粉煤灰和硅粉，配合比大约为每yd3混凝土730lb、粉煤灰150lb、硅粉35lb，水灰比小于0.3。

高强混凝土在美国得到了广泛的应用。最让我感兴趣的是，高强混凝土的使用大幅度地减少了梁高。在课堂提问时，我专门向Mr.Kahn了解了这方面的情况。据他介绍，采用70号高强混凝土的40米跨度工字梁，梁高仅为1.35米，工字梁横向间距能达到2米，桥面板采用20厘米厚的50号混凝土即可。

轻质混凝土正在研究过程中，研究人员做了大量的试验，但实桥建设尚不多。超高强混凝土的研究正在兴起，研究人员提出的目标是混凝土的抗压标准强度大于25ksi（150MPa），抗拉的标准强度大于7ksi（50MPa）。

GEORGIA TECH的结构试验室的布置及设备与国内知名的院校差不多，最为醒目的是高大的剪力墙，这是有水平的结构试验室的象征。试验室内正进行桥梁碳纤维和环氧砂浆加固试验以及高强混凝土的徐变试验。

下午Mr.Vanegas讲授工程建设管理时依然十分精彩，讲课的内容集中在工程建设管理中STRATEGIC LEVEL、TACTIC LEVEL和OPERATION LEVEL等层面上要把握的重要环节。他花了大部分的时间来讲具体实施阶段应该如何做，包括管理队伍建设、管理手段，强调管理者必须善于提出目标要求，以便工程建设的各方面能够FOLLOW YOU。最后，Mr.Vanegas还介绍了智能化管理的主要内容和设想。

在3个多小时的课堂上，Mr.Vanegas采用做游戏、提问等手法激发大家的兴趣，给我们留下了深刻的印象。

Mr.Vanegas讲授工程建设管理

2004年4月6日　星期二

走进佛罗里达

今天由Mr.WHITE给我们讲授智能交通系统，题目是ITS IN USA。Mr.WHITE是一位十分随和的老头。他主动介绍说，他多次到过中国的北京和上海，并在武汉大学做过讲座。

Mr.WHITE讲述的内容主要包括ITS发展概况、ITS在美国交通运输中的作用、ITS在国际贸易中的应用等。ITS在美国交通运输中应用的主要方面有：事故预防、事故处理、运输管理、本土安全和交通运输的综合信息网等。ITS的未来发展主要是在数据的收集、共享和应用等方面。在介绍ITS在国际贸易中的应用时，Mr.WHITE以中美贸易为例着重讲了ITS对港口运输的管理。

Mr.WHITE的课结束后，根据课程安排，我们本周三至周五都可自行活动，我们决定利用这段空闲时间到佛罗里达州参观。14:30我们从亚特兰大出发，沿75号州际公路直奔佛罗里达州，21:30到达佛罗里达州第二大城市ORLANDO（奥兰多）。为我们开车的范德敏先生对ORLANDO十分熟悉，径直将我们带到市郊一名叫PARK SIDE的MOTEL住下来。

佛罗里达州紧邻佐治亚州，是美国本土最南部的州，全州面积约14万平方公里，人口约1500万，是美国以旅游为主要产业的州之一。佛州南北狭长（约600英里），东西分别濒邻大西洋和墨西哥湾，南端的KEYWEST岛与古巴隔海相望，地理上纬度最高为北纬30度，最低为北纬23度。佛州境内著名旅游城市有迈阿密、奥兰多和佛罗里达群岛（FLORIDA KEYS）。其中，在奥兰多有世界著名的肯尼迪航天中心（KENNEDY SPACE CENTER）和迪斯尼的几个主题公园，迈阿密则有大沼泽国家公园。

2004年4月7日　星期三

肯尼迪航天中心

8:30，我们准时出发，不到20分钟就来到了ORLANDO市中心。ORLANDO市并不大，市中心也没有多少可看的，我们在一个小湖边游览约20分钟后，就直奔肯尼迪航天中心（KENNEDY SPACE CENTER）。

肯尼迪航天中心在OELANDO东部的一个小岛上，与岛相连的陆路通道仅有一条双车道的专用公路，公路两边的水沟中经常有鳄鱼出没，据说这样的环境对航天中心的安全保卫工作十分有利。

沿专用公路行驶约1小时，我们就来到了航天中心的游客接待中心，团里集体买好门票（每人32美元）后，大家顺利通过安检进入接待中心。接

参观肯尼迪航天中心（KENNEDY SPACE CENTER）

待中心主要有介绍美国航天的影片、航天飞机和火箭的模型供游人参观。我们在参观完模型后，看了一部约40分钟的资料片，由于时间关系，我们很想看的3D影片未能看到。看完影片后，大家在接待中心的餐厅就餐，接待中心就餐并不便宜，我花了10多美元要了一汉堡和一小盘水果。

游览航天中心的重头节目是乘坐接待中心的专用车到发射场参观，尽管接待中心提供的专用车一辆接一辆地出发，但由于游客非常多，我们还是等了一个多小时才上了车。

发射场最引人注目的是一座高大的火箭总装厂和海边的发射塔，其他建筑则非常普通。专用车上的工作人员拼命地介绍肯尼迪航天中心的许多世界第一，言语中充满自豪。事实确实如此，美国所有的航天飞机、登月飞船、哈勃太空望远镜以及刚刚登上火星的探测车都是这里发射的，他们能不引以为自豪吗？

但是，进入发射场的游人并不能接近发射塔和总装厂，只能站在专供游客使用的塔楼上远眺，这多少让人感觉有些遗憾。

离开航天中心已是17:30，范先生驾车沿95号州道向MIAMI进发。95号公路是不收费公路，共有6个车道，与95号公路平行的还有一条收费公路，我们注意到两条公路的交通量都很大，95公路部分路段还在加宽，由此可见这个路段的交通量非同一般。

20:30我们从42B出口下来就餐，并找到一家叫DAYS INN的旅店休息。

肯尼迪航天中心
（KENNEDY SPACE CENTER）

在ORLANDO市

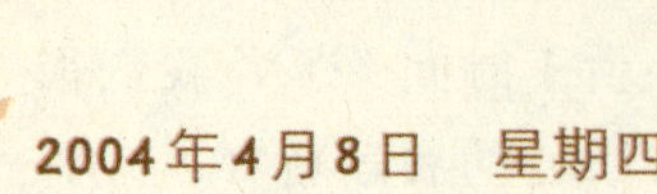

2004年4月8日　星期四

迈阿密和大沼泽公园

8:30从DAYS INN出发，在95号公路上行驶约30分钟后，我们就进入了MIAMI市郊。从车上我看到了典型的亚热带风光，街上的棕榈树、市区内一个个的小岛和小岛上的建筑都体现了MIAMI这个濒海城市的特点。MIAMI城市并不大，但与亚特兰大相比，它显得生机勃勃。作为旅游城市，MIAMI街上人气非常旺，让我充分感觉到这座城市的热情，心情也豁然开朗。

MIAMI市区海滩

11:00，范先生把我们带到市区的一处海滩。早已按捺不住的我们，纷纷扑向大海。尽管当时气温不到20℃（84华氏），但我们丝毫不觉得冷，大家兴致很高地游了近两个小时才上岸。这是我第一次在大西洋游泳，感到格外高兴。

游完泳，我们穿过几个小岛，一路欣赏着MIAMI优美的风光，不知不觉中来到市中心的BAYSIDE。BAYSIDE是游客在MIAMI观光、就餐、购物的中心。一楼是各种小商品店，二楼则是经营各国饮食的餐厅，游客在此既可用餐购物又可登船欣赏海景。我们很幸运地找到一家香港人开设的中式快餐，一解几天吃汉堡包之苦。

14:30我们离开MIAMI，向南沿1号公路来到EVERGLADE（大沼泽国家公园）。EVERGLADE在六七十年前曾是印第安人的聚居地，后被划为国家公园，目前只允许印第安人在此经营沼泽滑水、观鸟、游览印第安人村落等旅游项目。大沼泽被称为草河（RIVER OF GRASS），据资料介绍，沼泽内栖息着300多种鸟、600百多种鱼和40多种珍稀植物。

乘汽艇在大沼泽里滑水是最主要的旅游项目，我们登上一艘印第安人驾驶的汽艇（每人需买10美元的票）飞驰在大沼泽里，尽情地欣赏着翱翔在

MIAMI市区远眺

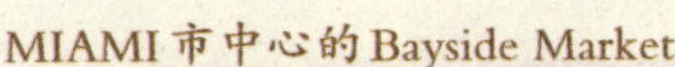
MIAMI 市中心的 Bayside Market

大沼泽中的各种不知名的鸟儿和暗伏在水草中的鳄鱼所构成的独特的沼泽风光，体会着大沼泽的神奇和空旷，确实别有一番情趣。汽艇在沼泽里行驶约20分钟后，停靠在一座仿印第安人村落旁，村庄是由草顶和木柱搭建的，四面透风的草棚和简陋的生活用具，让人不敢相信这就是美国印第安人六、七十年前生活的地方。

从村落返回的途中，印第安老人十分友好绕道鳄鱼和海龟较多的地方，让我们尽情地观赏拍照，也许他希望给我们留下一个美好的印象，让我们永远地记住大沼泽吧。

离开大沼泽已是16:30，我们又沿1号公路向KEYWEST进发，到KEYLARGO时发现旅馆都已客满，随即返回FLORIDACITY，20:30宿在一名叫FAIRWAY的（汽车旅馆）MOTEL。

大沼泽

2004年4月9日 星期五

佛罗里达群岛之热带风情

今天是我们佛州之行的第四天，旅行的目的地是佛罗里达群岛。佛罗里达群岛被美国人称为FLORIDAKEYS，是佛罗里达州最迷人的地方。群岛由KEYLARGO、ISLAMORADA、MARATHON、LOWERKEYS和KEYWEST等岛屿组成，从地图上看，这些岛屿好像是被1号公路串联起来的珍珠，一直向南伸入大西洋106英里。

1号公路进入群岛后，又称为OVERSEASHIGHWAY，是进入群岛的唯一公路通道。8:30我们从FAREWAYMOTEL出发，沿OVERSEASHIGHWAY向KEYWEST进发，中间在七英里桥（7MILE BRIDGE）等多处有桥的景点

KEY WEST海滩

佛罗里达州KEY WEST岛

停留，12:30才到KEYWEST。

七英里桥是著名影片《真实的谎言》的外景地，是连接MARATHON岛和LOWER KEY的一座桥梁。这里原有一座旧桥，1983年又新建了一座新桥，全长7英里，因此被命名为七英里桥。七里桥因其长而闻名，但结构是普通等截面连续箱梁，并没有多少特别之处。让七里桥扬名世界的是著名影片《真实的谎言》。我与来自印第安纳州的一位美国游客在桥头的对话也许可以说明这一点。他问我“Have you ever seen the bridge before？”我回答说“Yes,I have seen it in a film.”，他马上说“Me,too.”。

在七英里桥我不仅欣赏了优美的海岛风光，还深切地感受到了桥头钓鱼的美国人的热情。他们十分友好地向我打招呼，抖落他们钓上来的鱼，并让我用他们的渔竿一试身手，当提出为他照相和与他们合影时，他们都高兴地予以回应，其中的一个人，还招呼他一家人过来与我合影留念。

七英里桥（7 MILE BRIDGE）

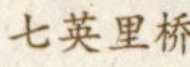
七英里桥

在KEY WEST一家快餐店吃完汉堡后已是中午一点。KEY WEST是美国本土最南端的小岛，岛上居民约有43000人，旅游高峰期，岛上人口可达到10万人（经询问当地的一位老人得知）。岛上有美国著名作家海明威的故居和美国本土最南端的标志（离CUBA 90MILES）。在KEY WEST最热闹的一条街道上，我们看到了很多供同性恋住宿的旅店（这些旅店楼顶都挂有标志同性恋的绿色旗）。

参观完海明威故居和美国本土最南端的标志后，我来到KEY WEST最大的一处海滩。尽管是星期五，但海滩上已是人满为患，来自美国各地的游客在这里尽情地沐浴着海水和阳光。他们悠然自得的神情，让人我想起一些美国电影里的镜头。

15:30由KEY WEST返回，19:15在MIAMI吃中式自助餐，23:30到ORLANDO PARK SIDE MOTEL。

美国本土最南端标志物

2004年4月11日　星期日

组织关怀

今天下午，中国国际人才交流协会驻亚特兰大代表处的伍再辉主任、陈宁宁主任和石明来到The Falls看望我们，并了解我们的学习情况以及对培训的建议和意见。大家对前阶段学习和即将转入佐治亚州交通厅的实习谈了自己的看法，学员对学习效果给予了充分的肯定。

伍再辉主任已到退休年龄，即将回国。接替他的陈主任是一位40多岁的女性，当知道我是武汉来的时，她请我回国时给她的女儿带回一双鞋，她还告诉我她的丈夫在武汉担任副市长。

The Falls小区一角

2004年4月12日　星期一

交通资产管理

今天是DR.ADJO AMEKUDZI为我们讲述交通资产管理(TRANSPORTATION ASSET MANAGEMENT)。DR.ADJO AMEKUDZI是一位黑人女教授，大约30多岁，来自非洲加纳。GEORGIA TECH里黑人教授很少，黑人女教授更是凤毛麟角，可见DR.ADJO是相当优秀的。

DR.ADJO讲述的内容包括：基础设施管理、效益和风险以及美国的实践。DR.ADJO介绍，交通资产管理是对交通固定资产的维护、改造和运营进行系统有效的管理，研究的内容包括交通固定资产管理的原则、政策、方法和手段，它为交通资产管理处理短期和长期规划提供一个框架。在美国，AASSHTO于2001年发布了ASSET MANAGEMENT GUIDE（资产管理指导手册），该指导手册为管理机构提供了一套适用的反映基础设施状况、趋势和需求的管理系统和数据库。

交通资产管理系统（AMS）包括中央数据库、资产目录、当地资产参考系统、分析模块和报告生成模块等子系统。其中，中央数据库包括资产目录、使用性能和可交易性等信息；资产目录和当地资产参考系统主要对需要管理的资产进行定义并划分管理单元。

关于交通资产管理的发展过程，DR.ADJO介绍说，美国20世纪70年代只对路面进行管理，80年代又将桥梁纳入管理范围，90年代才提出交通资产管理的概念。

关于为什么要进行资产管理（即资产管理的效益和风险），DR.ADJO认为：一是美国大规模建设时期已经结束，管理的重点由建设转向了养护、维修和翻新改造；二是需要建立一套数据系统避免因管理人员退休或离职而造成损失；三是适应有限的管理经费的需要。

最后，DR.ADJO还列举了美国几个州（弗吉尼亚州、依阿华州、纽约州等）在交通资产管理方面的实例。

DR.ADJO担心我们听不懂她的课，特意请了一个名叫王春燕的中国留学生做翻译，但我们没有要求她每一句都翻译，只是在我们听不懂的地方和提问时请她帮忙。王春燕来美国已5年，目前正攻读博士学位。

DR.ADJO和王春燕

2004年4月13日　星期二

公路设计与行车安全

今天我们又上了一天的课，上午是一位女教授Mrs.Karen Dixon为我们讲述“Highway design issues in the United States”。下午我们旁听了TSAI教授的课。

Mrs.Karen Dixon看起来十分秀气，一副在美国难得一见的大家闺秀模样。Mrs.Karen Dixon的题目看起来很大，主要内容却是公路设计过程中与行车安全有关的问题。她首先介绍了美国现行的公路设计指南和道路通行手册，接着介绍了美国对交通死亡事故的分析。根据有关研究结论，高速公路交通事故死亡率只占总死亡率的2%~3%，农村道路事故死亡率是城市道路的2倍。关于事故多发的地点和原因，Mrs.Karen Dixon介绍说，150例中有74例发生在平曲线处；只有41%的事故牵涉到两辆车；49%的事故发生在日交通量小于2000辆的路段；55%的事故是因为路面边缘的车辙和错台。关于设计车速，Mrs.Karen Dixon说，美国的公路设计倾向于建立拟建公路运营速度的分析模型，并以此来具体确定某条高速公路的运行速度和相应的路线平、竖曲线技术指标。

同DR.ADJO AMEKUDZI一样，Mrs. Karen Dixon今天也请来一位叫王钧的博士来给我们做翻译，在课堂提问时，王钧起到了非常重要的作用。王钧是来自清华大学的学生，到美国已5年多。他对我们十分友好，中午休息时，他还带我们到校外的书店浏览专业书籍。

Mrs.Karen Dixon讲授美国公路设计问题

下午TSAI先生的课仍是GIS技术的应用，同时还介绍了名叫Pontis的桥梁管理系统（BMS），BMS与PMS在原理和用途上一致，是结合了GIS技术的桥梁管理系统。

2004年4月15日　星期四

初访佐治亚州交通厅

14:30，我和李怀健、雷波应约前往佐治亚州交通厅（GDOT），商谈培训团在GDOT的日程安排，中国国际人才交流协会的伍再辉、陈宁宁和石明也应约参加。GODT交通厅负责接待我们的DAVID和另外一位工程师与我们详细地讨论了日程安排。根据双方商定的计划，自5月3日起到7月16日，我们每周在交通厅工作四天，培训团成员将分为设计和施工两个大组，分别到交通厅的设计处和施工处实习，其中交通部规划研究院的石主任和信红喜还可到他们关心的规划部门实习。在GDOT实习期间，我们除了和美方人员一起上班外，还安排到萨凡纳一座斜拉桥工地实习。据DAVID介绍，萨凡纳有两座主跨分别为1100英尺和1250英尺的预应力混凝土斜拉桥。

讨论完日程安排后，DAVID和另外一位工程师还详细解答了我们关心的一些问题，这些问题主要集中在工程建设管理等方面，他们表示将给我们

提供一份书面答复。临走前DAVID还给了我们一本美国公路2002年的统计资料（HIGHWAY STATISTICS 2002）。该书由联邦交通部出版，内容包括截至2002财年美国汽车保有量、公路里程、使用状况、资金和税费情况等，对我们了解美国公路建设管理很有帮助。下面是从该书中摘录的有关数据。

（1）美国汽车数量

小汽车：134604524（私人和商用）+1316513（公用）

货车：90847465（私人和商用）+2091120（公用）

总计：229619979（辆）

TRUCK AND TRUCK-TRACTOR：92938585辆。

有194295633人有驾驶执照。

（2）联邦公路建设资金（FEDERAL FINANCING）

MOTOR-FUEL AND ORTHER HIGHWAY-RELATED EXCISE（消费税）TAXES存入联邦公路基金（FEDERAL TRUST FUND，1956年设立）。

联邦提供建设资金的公路项目，由各州提出计划、进行工程发包和建设管理。

THE TRANSPORTATION EQUITY ACT FOR 21ST CENTURY（TEA-21）扩充了INTERMODAL SURFACING TRANSPORTATION EFFICIENCY ACT 1991。

2002年联邦公路建设资金共33846MILLION DOLLARS，其中HTF27967 MILLION DOLLARS，其他基金5879MILLION DOLLARS；各州公路建设资金66661MILLION DOLLARS，其中交通厅62873MILLION DOLLARS，地方政府3788MILLION DOLLARS；以上合计100507MILLION DOLLARS，占总支出的73.95%。减去非公路建设费用实际为79637MILLION DOLLARS，占总支出的58.59%。加上其他税费、发行债券和联邦基金利息，用于公路建设管理的资金共135919MILLION DOLLARS。

以上资金中，汽油税和车税占53.75%，收费占4.84%，其他税费占25.27%，投资收益占5.94%，债券占9.38%。内部转移支付占0.81%。

在总支出中，建设方面（50.16%）：州管公路占35.69%，48.505MILLION DOLLARS；地方管理占14.17%，19.259MILLION DOLLARS；非等级公路占0.30%，411MILLION DOLLARS。公路养护方面(24.41%)：州管公路占9.82%，13352MILLION DOLLARS；地方管理占14.44%，19626MILLION DOLLARS；非等级公路占0.30%，202MILLION DOLLARS。行政管理和研究费用占7.87%，

公路执法和安全占8.59%，债务利息：3.98%。债券支付占4.99%。以上合计，2002年度公路建设管理总支出为135919MILLION DOLLARS。

（3）关于道路里程

农村道路：3071768英里，其中各州交通厅管理的公路662855英里，各州县管理的公路1628510英里，市政管理的道路606983英里，联邦公路局管理的117751英里；城市道路：894726英里，其中各州交通厅管理的公路110434英里，各州县管理的公路144615英里，市政管理的道路624163英里，联邦公路局管理的2819英里。

不同层次道路里程为：州际公路：32992（RURAL）+13491（URBAN），农村干线公路98853英里，城市高速公路9323英里。

联邦资助的公路里程：国家公路网（NHS）116341+36638（英里），其中州际公路46483英里，其他公路581580+213756（英里）。

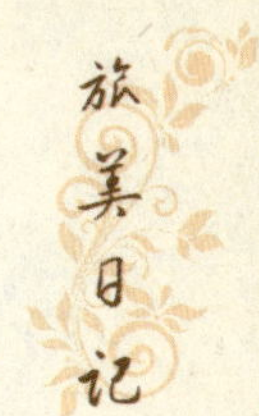

2004年4月18日　星期日

享受春假

今天开始，佐治亚州高校全部进入“春假”，我们决定乘机去华盛顿、纽约等地看一看。早8时从The Falls出发，经南卡、北卡（夏洛特）、弗吉尼亚州（里士满）、到华盛顿，21时30分宿华盛顿市郊DAYS INN。

弗吉尼亚州在美国历史上十分重要，境内有大量的独立战争时期和南北战争时期的战场，其州府所在地里士满是南北战争期间南部联盟的首都。

美丽的郁金香

2004年4月19日　星期一

华盛顿掠影

参观华盛顿纪念碑、白宫，越战、韩战纪念堂，林肯纪念堂，国会，植物博物馆，自然博物馆。

在华盛顿国会山前

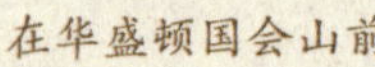

在华盛顿国会山前

林肯纪念堂

林肯纪念碑

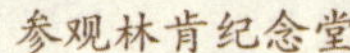

参观林肯纪念堂

华盛顿纪念碑

林肯纪念堂 | 华盛顿纪念碑

白宫南草坪

2004年4月20日　星期二

走过费城

上午东波托马克河公园、杰弗逊纪念堂、罗斯福纪念园、FBI、建筑博物馆、世行。

下午经马里兰州（巴尔的摩）、DELAWARE州（威明顿）、宾夕法尼亚州（费城）到达大西洋城。

巴尔的摩市，既是哥伦布登陆美洲大陆的地点，又是美国国歌的诞生地，独立战争期间，著名诗人弗郎西斯·斯加特·基在1812年9月13日凌晨，透过战场上的硝烟，看到城堡上的星条旗时即景写下了星条旗之歌，

费城街头

1931年被正式定为美国国歌。星条旗之歌歌词大意是：

啊！在晨曦初现时，你可看见，是什么让我们如此骄傲？在黎明的最后一道曙光中欢呼，是谁的旗帜在激战中始终高扬！烈火熊熊，炮声隆隆，我们看到要塞上那面英勇的旗帜，在黑暗过后依然耸立！啊！你说那星条旗是否会静止，在自由的土地上飘舞，在勇者的家园上飞扬？

费城是通过独立宣言的城市，主要纪念地物有独立厅和自由钟，华盛顿的第二任期即在独立厅办公。

在费城自由钟前感受历史

在罗斯福雕像前

2004年4月21日　星期三

纽约，纽约！（上）

大西洋城至纽约，下午2:30参观自由女神像、百老汇、洛克菲洛中心、第五大街。

百老汇大街

2004年4月22日 星期四

纽约，纽约！（下）

参观纽约中国城、联合国总部、帝国大厦、中央公园、黑人区、哥伦比亚大学。

华尔街街头留影

哥伦比亚大学一角

2004年4月23日　星期五

西点军校

参观西点军校（校园、博物馆）和纽约州州府ALBANY（纽约州立大学），晚九点看尼亚加拉瀑布（夜景），宿尼亚加拉市。

西点军校创立于1802年，是美国最著名的军事院校。校园位于哈得逊河之滨，依山傍水，环境十分优美。学校现有学员约4000人，其中女学员约占12%~15%。西点军校培养了许多二战时的著名将领，麦克阿瑟、艾森豪威尔、巴顿是西点军校永远的骄傲，校园内的教学楼大多以他们这些人的名字命名。

西点军校校园

西点军校的全称为美国陆军军官学校，是美国培养陆军初级军官的学校，因校地址在纽约市北郊的西点，人们习惯上又称其为“西点军校”。

辉煌的校史

这所几乎和美国历史一样悠久的著名军校，建成近190年来，一直被称为美国陆军军官的摇篮。它培育了一代又一代名将和军事人才，其中有3700多人成为将军，2人成为美国总统（格兰特和艾森豪威尔）。据1993年统计，美国陆军中有超过40%的将军是西点军校的毕业生。从南北战争到海湾战争，西点毕业生都创下了辉煌的业绩。

翻开美国的军事史，没有哪一页没有留下西点毕业生的伟业。可以毫不夸张地说，凡是有美国参与的战争，就一定有西点军校毕业生的身影。美国内战的60次重大战役中，西点毕业生指挥的战役就有55次，北方军队总司令格兰特和南方军队总司令李将军同为西点军校毕业生。在第一次世界大战中，美国远征军总司令约翰·丁·潘兴将军，以及参战的38个军、师指挥官中的34个指挥官，都是西点毕业生。在第二次世界大战中，西点军校毕业生的名望可谓达到巅峰。北非的沙漠，西西里的群山，欧洲的太平原，太平洋的荒岛……处处都可见西点生在战场上叱咤风云，涌现出了一大批像艾森豪威尔（战时任欧洲美军兼盟军总司令）、巴顿（第三集团军司令）、布莱德雷（第一集团军司令）、阿诺德（陆军航空兵司令）、史迪威（中印缅战区总司令）等高级将领。这些西点军校骄子在战场上打得轴心国部队闻风丧胆，为世界反法西斯战争的胜利立下了赫赫战功。1946年秋季，受英国首相丘吉尔表彰的最杰出的30名美国将军中，有21名是西点军校的毕业生。二战后，克拉克、李奇徽被困朝鲜战场，威斯特摩兰陷入越南战争不能自拔。这不能不说给西点的辉煌增添了一点暗淡“色彩”。20世纪90年代，当烽烟又在中东的荒漠升起时，美军驻海湾总司令施瓦茨科普夫将军又重新树立了西点军校的名声。

在气势磅礴的哈得逊河西岸，从纽约州北部向南，穿过哈得逊峡谷，当咆哮的激流奔入纽约湾时，河水受一块伸向河中的三角形岩石坡阻挡，突然折而向东，形成一个时状的急弯。这块被称为西点的近50平方公里的岩石坡上，就坐落着闻名于世的西点军校。

说起西点军校的历史，就不能不追溯到美国的独立战争。在那次战争中，贯穿南北的贸易、交通、军事大动脉——哈得逊河，成为当时美国和英国殖民者掌握战争主动权的控制焦点，而地势险要的西点自然成了美军防御的战略要地。为了阻止英国军舰进犯，美军在此设防，用铁链封锁河面，并给英军以重创。

独立战争胜利后，战争的经验教训使以开国元勋华盛顿为首的一批领导人和政治家意识到，必须建立一所军事院校，以培养为战争这门艺术服务的职业军官和军事技术人才。华盛顿强调："创办这所学校是美国发展的头等大事。"

1802年7月4日，美国独立纪念日这一天，美国历史上的第一所军校——西点军校宣告成立。首批学员10人，其中包括后来被称为"西点之父"的西尔韦纳斯·塞那上校。他于1817～1833年任西点军校校长。

塞那学习了拿破仑的军事教育思想，研究了欧洲著名警察富歇的军事训练方法，吸取了法国梅兹军校的办学经验，并在此基础上对西点进行了全面的卓有成效的整顿和改革，明确了军校的办学方针和原则，建立了完整的教学体制，创建了学员的纪律养成主要靠自我约束的"荣誉制度"，从而奠定了西点军校在美国历史上的特殊地位。

第一次世界大战后，1903届毕业学员道格拉斯·麦克阿瑟出任西点校长。他提出了"应着眼于不断变化的世界，着眼于复杂的未来，着眼于军事技术和装备的不断现代化"的原则，大大开阔了美国军事教育事业的视野，使美国军事教育实践开始由面向国内问题转向世界性问题，把传统的西点军校带进了现代化的20世纪。

西点军校从成立第一天开始就把培养第一流的军官作为办校宗旨。从学员的入学选拔开始就严加要求。"我们需要的是战场上的狮子，要知道由一头狮子带领的一群羊将战胜一只羊带领的一群狮子。"麦克阿瑟曾这样评价西点的培养目标。

通向摇篮的竞争

公开招考合格人才，是西点办学的原则之一。该校每年招生约1400人。凡报考该校的青年，必须是美国公民（盟军学员除外），年龄在17～22岁，身高1.68～1.98米，不论种族、肤色、宗教信仰和性别。但事实上，西点长期坚持收录男性公民，自1976年7月初起，按总统法令规定，才开始招收女学员。首批为119名，90年代已增至800余人，占学员总数的1/6。报考学员必须在高中学习成绩名列本班前茅，身体健康，具有一定的组织领导才能，在参加考试的前一年还必须得到美国总统、副总统、参议员、众议员、州长、市长或部队主管的推荐。获得正式报考资格的青年，还必须参加并通过国家统一组织的大学入学考试。然后，各军种学员入学资格评审委员会从德、智、体等方面全面衡量，择优录取。

被录取者首先应具有强健的体质，能参加有关项目的体育比赛。经过西点教育，学员应达到大学的学历水平。学员应有所专长和业余爱好。西点军校学员自入校之日起，就要进行严格的检验与筛选，实行优化与淘汰制。这一切是从1843年起就由国会以法律的形式明确下来的，从而保证了学员的高质量。

每个学员在考入西点前都要做好被淘汰的思想准备和相应的保证。其父母也应充分保证做好工作，不留后患。实际上，第一学年新生淘汰率为23%，最终能学完四年毕业的学员占入学总人数的70%左右。从录取到毕业，学校的管理就是法制化的，铁面无私。

学员经过四年学习毕业后，获理科学士学位，授少尉军衔。学员毕业后，至少应在军队连续服役5年。

学员在校期间，开支主要由国会拨款支付，每月可领取津贴。一年级学生每月70美元，到四年级每月可达200美元左右。

“国家·荣誉·责任”西点军校能够获得这么高的荣誉，能够培养出如此众多的优秀军事人才，是和它那近乎残酷的训练分不开的。新学员一入校，首先参观全校风光，体验塞那强烈的荣誉观念和学校的传统精神。

西点校园及附属场区位于哈得逊河上游的高山，依山傍水，风光秀丽。一系列哥德式建筑风格的建筑物被起伏的群山环抱。校园及场区总面积为2500英亩（1英亩＝4046·86平方米），连附近政府公地在内共有15974英亩。外圈有冬季滑雪场、高尔夫球场、训练与野营区等；内圈为主要校园区，由教学大楼、学员区、运动场与活动中心等组成。整个建筑群以学校的大运动场为中心展开。学校校长的宿舍就坐落在大运动场边上，象征着校长与学员的亲密关系。校长一般由三星级中将担任。

许多楼群均以著名的国家与军事领导人、战略家与教育家命名，显示着国家荣誉与优良传统。在校园区，设置有各种景点、名人纪念碑和塑像。

华盛顿大楼是校区中心和学员队总部所在地。这里有著名的大餐厅兼礼堂，平日放着长条的陈列式餐桌，可同时容纳全校4000名学员就餐。学员是按行政班、排名次落座。就餐时由服务人员送餐，井井有条。举行重要集会或报告会时，大餐厅则作为礼堂会场使用。由于采用现代装饰与设备，学员可在每个位置听到声音、看到报告人尊容。学员总部也在华盛顿大楼内。大楼的四周为学员宿舍楼区，一般是两层楼房，营造时期较早，有一半是20世纪60年代后新建的。无论新楼、阳楼，内部都是旅馆式套间与活动区相结合。一般是男学员3人一个宿舍，女学员两人住一间。在华盛顿大楼的左翼是各教学系办公室、教室、实验室等。也有一部分教学系分散在学员区附近的泰那尔楼、巴特勒楼、马汉楼之中。

初来乍到的西点新学员无不在这里强烈地感受到西点的荣誉和它对国家所承担的责任，无不感到生活在一种追求荣誉、竭尽职责和为国献身的气氛中。

西点新学员进入西点，首先得遵守塞那创建的“荣誉制度”，即“每个学员决不能撒谎、欺骗或盗窃，也不容忍其他人有此类行为”。这是培养学员忠诚、正直的主要方法，其实质是强调“自我约束，自我完善”。

对违反学校规定的一切行为，西点毫不留情，轻则记过、罚步操，重则关禁闭、开除。西点军校的无监视考试制度就是西点道德标准的范例。

学员办理入学注册手续后，就开始进行6周的学员基础训练，又称由老百姓变成军人的过渡训练，学员们则把它称为“野兽营”。

训练充满严峻挑战、高度竞争和快节奏。第一步是队列训练。各种步伐操练，天天都反反复复地做，人人都像机器人一样，穿同样服装，迈同一步伐，说的话只有简短有力的两句“YES，SIR（对，长官）”和“NO，SIR（不，长官）”。

第二步是严格的日常生活管理。每天早上6点，起床号一响，所有学员必须立即起床，出早操、整理内务，然后毕恭毕敬地立正，恭候高年级学员和教官的光临。从个人着装与仪表到宿舍卫生，都要做得完美无缺。接着就到4000人的大餐厅进餐。一声“开饭”口令过后，才能进食。用餐时，不许喧哗。用餐时间只有20分钟，时间一到就收餐。吃完早餐后，从7点半到12点全是上课时间，中间不休息。午餐、午休时间一共只有50分钟。下午要进行2小时的体育锻炼。晚饭后，休息50分钟就得上晚自习。所有学生必须到23点才能熄灯睡觉。每天夜间只能休息7小时，还常常搞夜间紧急集合。在这里，耍小聪明、发脾气是绝对不允许的。这种强烈的快节奏生活，将伴随学员们度过四年。

第三步是野外训练。训练在西点后山的山谷村进行。这里有茂密的山林，有各种训练场和障碍物。在这里，新学员的淘汰率高达30%。有不少新学员因经受不起野营训练的艰苦而中途退学。在野营中，人人都身着伪装训练服和战斗靴，住在帐篷里，一举一动都充满着实战气氛。每天都是野外强行军。直到这时，学员们才真正体验到了西点军校的军事生活。

基础训练对每一位新学员都是一次巨大的考验。对那些平常浪荡惯了的高中毕业生来说，这里简直就是监狱。他们一定认为自己选错了路。这里除了军乐和国歌以外就没有别的音乐了。没有啤酒，没有吉他，没有录像机，电视机总算有，但必须在大厅里集体收看。一切都很苦，一切都很严，但每名通过基础训练的学员都无比自豪，因为他们明白“西点”本身就是强者的代名词，到这时候他们和历史上那些风云人物是同学了。

从第二学年开始，学员们就必须接受各种军事训练：步兵巡逻、长途行军、轻武器射击、格斗、登山、潜水、工兵作业、野战通信、救护、野外生存、战地侦察……

夏季，学员还要到肯塔基的军事基地学习坦克作战和防空兵作战。防原子、防生化技能，也必须在第二学年掌握。

到了第三学年，训练生活趋于多样化。学员将进行历险性训练。历险性训练共有四项，学员可任选一项：①到巴拿马进行热带丛林作战训练；②到阿拉斯加北部进行野外滑雪作战训练；③参加特种部队，进行突击作战和空降训练；④到科罗拉多空军学校进行驾驶直升机和野外生存训练。

还有一些学员则结合专修的外国语言到有关国家作旅游式参观考察。学员可分到西欧、阿拉斯加、巴拿马、夏威夷或美国本土的各军事基地任见习排长。

第四学年，学员成为高班生后，就成了塞那学员队的大小“头头”，可以显示一下领导才干。有的当管理4000名学员的“队长”，有的担任48名学员的排长，有的则当“参谋”军官。他们既要体验当指挥官的滋味，又要学会如何带兵。

经过四年的艰苦学习和训练，毕业这一天终于来临了。此时美国政府已在每位学员身上花费了90.476万美元。在未来的战争中，美利坚合众国对这些第一流的职业军官深寄厚望。这些学员也确实在西点的培养下成了军中精英、军中强者。

度过了1440个艰难的白昼和黑夜后，学员们排着整齐的队伍，面对星条旗庄严宣誓：珍惜校荣，为国效忠。

在隆隆的礼炮声中，校长把一枚枚西点军校的校徽授予毕业生们。校徽上镌刻着一只目光炯炯的山鹰，一顶闪闪发亮的钢盔，一柄寒光逼人的短剑，还有一行醒目的大字，那就是闻名于世的西点校训——“国家·荣誉·责任”。

此时，激动的学员们以传统的抛帽方式庆祝自己学业的完成，庆祝自己从此走上了辉煌的军旅生涯。

富有特色的训练

西点军校的教育与管理机制很有特色。学校直接受陆军部作战副参谋长领导；在管理上实行董事会体制。校长由一名资深中将担任，一名准将任教务长，一名少将或准将任学员总队长。

董事会主要由知名人士组成，如国会参议院与众议院的议员9名，美国总统任命的名流与官员5名（如大法官、律师等）。他们每年聚会一次，审议学校课程计划、政策与设备需求等重大问题，并负责向总统提出建议。

学校的教学水平相当高。600多名教学人员中，包括正副教授70多名。按规定，教授可在西点任教达30年。学院有13个系，系主任多为上校军衔的教授。各师资队伍有相当的学术造诣，99%拥有硕士学位，15%拥有博士学位。学校还特邀社会知名专家任客座教授和讲师，既提高了教学质量，又丰富了教学内容，开拓了学员的视野。

学校的基础管理设学员队。学员队总队为旅，旅长由学员兼任。旅下辖4个团、12个营和36个连。学校的总队长为现役军官，直接管理学员的军训和生活。团、营、连主官均由学员自己担任。每个团编有一名现役团战术教官及一名参谋人员。一个连大约有100~130名学员。女学员也编入学员连和班之中，与男生混合编班，享受同等待遇。

教学课程的设置充分反映出西点军校在美国各个时期培育新的军事骨干的指导思想，尤其是适应未来可能发生的战争的需求。

西点不培养头脑简单的武夫。学校的任务是通过四年的训练，使每个毕业学员都具备一名职业军官所需的性格、领导才能、智力基础和其他方面的能力，以便模范地效力于国家，在战争中成为军中栋梁。西点军校的学员必须修满152~158个学分，而一般高等学校则修满120~128个学分即可。

西点军校四年制本科学员的课程共40门，其中30门为必修课程，主要有数学、工程、英语、历史、社会科学、心理学与国家安全课题。10门选修课包括基础科学、应用科学、工程学、人文学、国家安全事务与公共事务等。各学科还分细目。

教学中，西点重视采用新技术辅助教学，使军校的课堂教学达到优秀水平，尤其在教学技术方面实现了电教一体化。

西点军校在开展学术研讨方面也非常活跃。每年西点召开的美国问题学生大会，常请知名人士作演讲与发言，同时还组织学员参加各项专题辩论会。学校的辩论团要参加十多场校际辩论会，还要走遍全国开展25次辩论。在夏季，学校组织部分学员参观访问国家政府部门和使团，包括国务院、国防部和其他政府部门；学员还经常到纽约联合国总部去走访各国代表机构，听取有关政策与国情介绍。

为发挥学员的特长，西点军校每年6月还主持国家安全问题年会，特邀美国及部分外国学者与官员参加。这一活动把教学与决策、执行政策结合了起来，可在年轻军官中培养观察与分析国家安

陈列于博物馆内的美国第一颗原子弹模型

全与社会的重要问题的能力。这是培养学员面向全国、面向世界的有效方式之一。

为了加深学员对某些学科的理解，学校多数系还开设特别计划班，如由系教员专门指导少数优秀学员进行独立研究工作的荣誉班；深化已学的某项专业课程的高级班等。

体育教学在西点军校占有相当重要的地位。西点的口号是："每个学员都应该是运动员。"

从学校的角度讲，运动员的健壮体质和顽强意志对未来陆军军官是至关重要的。

道格拉斯·麦克阿瑟在第一次世界大战后任西点军校校长时，就开创了西点培养第一流运动员的活动。麦克阿瑟认为，体育训练可培养军人坚忍不拔的精神、自我控制能力、坚决勇敢机智灵敏的性格。美国许多著名将领都曾是西点军校体育运动的优秀运动员。

体育训练贯穿在四年的军校生活中。学校里每个学员连队配备一名体育教官担任学员教练，组织学员进行体育活动，评定成绩。

体育课从学员入学后就开始，有各项球类活动、游泳与体操。

体育运动关键在于坚持。学校规定从星期一到星期四，每天下午4时30分开始进行各项体育活动。每个学员每两周应参加一项体育比赛。学员还要自愿参加春季体育比赛。每参加一项活动，学员都会增加朝气和新的活力，从而增强体质与毅力。运动会的内容是丰富多彩的，有棒球、足球、田径赛。平时也经常进行各种小型比赛，有篮球、手球、排球、拳击和摔跤等等。

每年的校际体育比赛开始后，塞那学员队学员大约有1/3的人参加31场校际体育比赛。西点的美式足球在全国很有名气，常常成为秋季大赛的开场球。由西点军校毕业生及支持者14000人组成的陆军体育协会，是塞那体育代表队的强大后盾，在军内有相当的影响。

西点军校博物馆

2004年4月24日　星期六

尼亚加拉大瀑布

上午参观尼亚加拉瀑布，11:20从尼亚加拉出发，经纽约州布法罗（BUFFLO水牛城）、俄亥俄州（OHIO）克里福兰（CLEVERLAND），22:00宿哥伦布市郊华盛顿KNIGHTS INN。

2004年4月25日　星期日

人在旅途

8:30出发，经俄亥俄州辛辛那提市（OHIO河边）、肯塔基州来克辛屯市、田纳西州，21:15到亚特兰大The Falls。

此次出游共8天7夜，全程2850英里。

水牛城留影

2004年4月27日 星期二

佐治亚理工学院GIS中心

14:30全体成员在JAMES TSAI的带领下参观GEORGIA TECH的GIS中心，中心主任亲自向我们介绍了GIS技术的应用和发展情况。之后，大家还在JAMES TSAI参观了GEORGIA TECH曾作为1996年奥运会赛场的游泳馆。

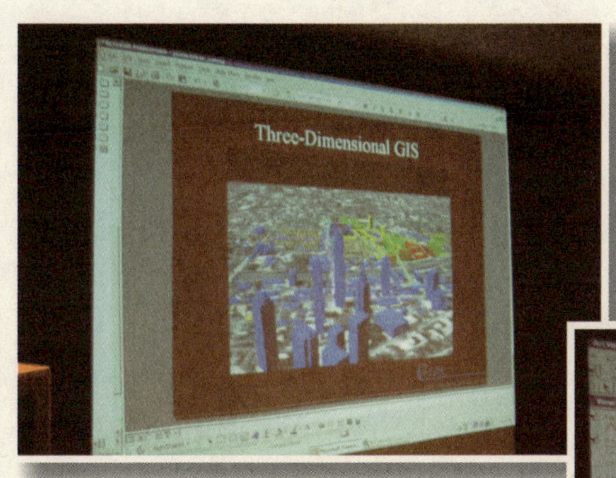

佐治亚州交通厅GIS系统

2004年5月3日　星期一

佐治亚州交通厅实习初体验

今天是我们到佐治亚州交通厅工作的第一天。8:00大家从The Falls出发，应约于9:00前来到佐治亚州交通厅的材料试验中心（Office of Materials and Research）。交通厅负责接待我们的MR.DAVID早就等候在那里。由于我们已经认识，一番寒暄后，他就开始带我们参观各试验室。这座建于1975年的试验中心，包括材料、土工、土力学、混凝土、沥青材料、沥青混合料、化学等7个试验室，各试验室负责人给我们简要地介绍试验室主要设备、试验项目和方法。

13:00，大家来到交通厅董事会会议室，如约与交通厅的领导们见面，交通厅厅长（COMMISSIONER HAROLD LINNENKOHL）与副厅长、总工、财务总监和各处处长都出席了见面会。

HAROLD LINNENKOHL厅长的随和豪爽给我们留下了深刻的印象。他向我们一一介绍了他的同僚，对我们的到来表示热烈的欢迎。他还自信地说："虽然我们还有很多的事要做，但佐治亚州交通厅的工作是很好的，相信你们一定会不虚此行的。"我们合影留念后，他十分友好地叮嘱我们："If you have any question，please let me know."

短暂愉快的见面会结束后，DAVID带我们参观了交通厅各处的办公地点，在五楼会议室听取了交通厅新闻发言人Mrs.Lear对交通厅的介绍。Mrs.Lear不但给我们一份交通厅的书面介绍材料，还准备了精美的多媒体。当我问她能否将多媒体拷贝给我时，她十分爽快地将CD碟从电脑上取出来给我。

根据Mrs.Lear的介绍，佐治亚州交通厅共有6000名员工，人事管理上受佐治亚州13个议会区各选举的一名议员组成的董事会（任期5年）领导。

董事会任命厅长、总工，支配资金和制订部门政策。交通厅领导由一名厅长、一名副厅长、一名总工和一位总会计师（TREASUREER）组成，下设施工处（Division of Construction、Legal Services）、就业管理处(Equal Employment Opportunity)、前期工作管理处（Preconstruction）、运营管理处（Division of Operations）、规划及综合运输管理处（Planning and Data and Intermodal Development）、信息技术中心（Information Technology）和行政管理办公室（Administration）等8个处，各处又设有很多办公室。此外，交通厅还在全州有7个管理区和42个驻外办公室。6000名员工的组成为：行政人员557人，设计和前期工作人员709人，规划和GIS系统人员130人，环保人员46人，养护管理人员3681人和项目管理人员964人。

佐治亚州交通厅管理的业务十分广，包括公路、铁路、航空、水运等，每年完成的投资约20亿美元。佐治亚州现有公共道路113995英里，其中公路里程为18055英里，地方道路95940英里，桥梁14500座。

2002财年，州交通厅资金来源主要有：联邦公路资金（FHF）9.80亿美元、联邦运输资金0.20亿美元、州汽油税收入7.26亿美元、州一般资金0.11亿美元、发行债券1.42亿美元、国家债券资金3.95亿美元以及地方投入0.10亿美元，共计22.94亿美元。2002财年资金支出主要有：改造和维修资金3.43亿美元、新建工程2.25亿美元、运输1.84亿美元、桥梁0.68亿美元、养护0.59亿美元、加固0.39亿美元、安全0.29亿美元、其他0.29亿美元以及其他支出8.4亿美元。

2003至2005财年计划资金为：新建项目26.5亿美元、加固工程4.74亿美元、养护6.69亿美元、桥梁7.94亿美元、运输22亿美元、改造和维修资金40亿美元以及其他3.06亿美元，共计110.93亿美元。

此外，佐州交通厅还制订了2004年至2006年的州交通运输升级计划，2004~2006财年公路和运输资金总数为72亿美元，其中2004财年为28亿美元。

佐治亚州交通厅长会见全体学员

2004年5月6日　星期四

实习之资金运作和财务管理

全体团员先后到交通厅财务办公室（Office of Financial Management）、信息技术中心（IT DIVISION）和交通运输管理中心（TMC）访问。财务办公室的领导向我们介绍了交通厅的资金运作情况和财务管理方面的做法，信息技术中心介绍了办公管理系统和GIS系统。在TMC，我们则花了两天时间，听取了有关佐治亚州智能运输系统（Intelligent Transportation System）和公路紧急情况反应系统（HEROS）的介绍，详细了解了ITS系统的信息收集和处理的过程，参观了智能交通控制室和HEROS的紧急救援车。

佐州交通厅财务办公室负责管理全州交通系统的财务，根据工程师的评估和最终标价管理项目资金，并根据有关合同和项目经理的请求进行资金的更改和修正，同时为州交通运输董事会准备财务报表。

州交通厅资金主要来源于联邦运输部，约占年度资金的88%。联邦运输部公路局根据1998年通过21世纪运输平等法案（TEA-21）向各州分配的资金（需经国会和总统批准），资金分配方式主要依据为各州VMT数、车道英里数和人口等。

佐治亚州交通厅办公大楼

2004年5月10日　星期一

实习之环境问题研究

今天设计组和规划组5名成员（许金良、冯莨、石良清、信红喜、詹建辉）来到位于亚特兰大南部郊区的环境及定线办公室（Office of Environment and Location），该办公室属前期工作管理处（Division of Preconstruction）。

Office of Environment and Location的主要工作是开展项目的环境问题研究，向交通厅提供项目的环境影响评价文件（Environmental Document）。对公路项目，该办公室还设有Environmental Location Office专门从环境角度研究路线走向。此外，Office of Environment and Location还设有进行航测成图的测设部门。

环境影响评价文件主要是根据联邦和州有关环境保护的法案和政策，研究拟建项目对环境的影响。内容包括研究项目对文化资源（Culture Resources）、生态环境和社会环境等方面的影响。环境影响评价文件完成初稿后还必须举行公众听证会（Public Hearing），项目影响区的官员、居民都有权对项目的环境问题提出问题和建议，州交通厅需在报刊等新闻媒体上公告公众意见的采纳情况。听证会结束后，Office of Environment and Location将对环境影响评价文件进行修改，并提出最终报告。应我们的要求，Office of Environment and Location的负责人给我们提供了一个已完成正式环境影响评价文件。该文件是一条4英里长的道路加宽项目的环境影响评价文件，文件经三人签署，分别是Office of Environment and Location主任（第二页）、该项目环境影响评价的负责人（第三页）和联邦公路局局长（第一页）。从文件的签署我们可以看出，Office of Environment and Location在环境问题上拥有相当的自主权。

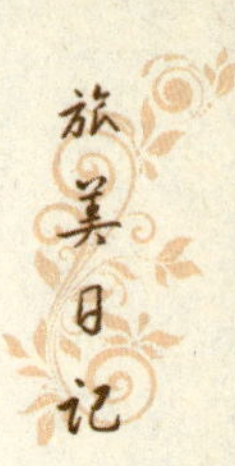

环境影响评价文件的主要目录是：

1. Need and Purpose
2. Description of Alternative
3. Environmental Consequences
4. Final section Evaluation
5. Coordination and Comments
6. List of Tables
7. List of figures
8. List of Appendices

在附录中可以看到听证会上民众书面意见的复印件，大约有100页之多。

关于路线走向的研究，Office of Environment and Location制定了详细的工作程序，一个不太长的公路项目，其路线走向研究的方案往往有很多。线位研究人员向我们介绍了工作程序和一个6英里长的项目4个线位方案的研究情况。从他们的介绍来看，研究路线线位主要是从环境的角度选择路线走廊，环境研究结束后才能提交设计部门进行具体的定线。

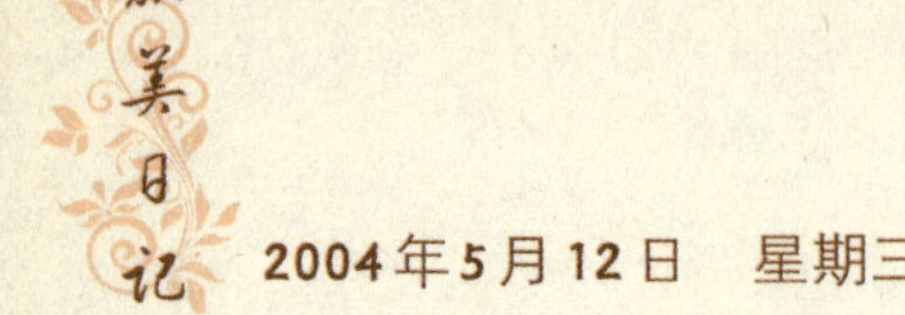

2004年5月12日　星期三

实习之设计合同管理

根据培训安排，今天规划组和设计组的5名成员到Office of Consultant Design实习。Office of Consultant Design也属于Division of Preconstruction的一个办公室，主要职能是进行设计合同管理。佐治亚州交通需要设计的项目，除几个Design Office承担的外，其余均有Office of Consultant Design向社会上的咨询公司发包。

为了让我们全面了解Office of Consultant Design的运作情况，办公室负责人Mr.Story分别找来资格预审、设计招标和合同管理（进度、费用控制）的几个负责人与我们座谈，通过交谈，我们基本了解了Office of Consultant Design的主要职能和管理方法。

关于设计资质管理，佐治亚州交通厅要求所有在佐治亚州承担咨询项目的咨询公司必须在Office of Consultant Design登记，并须在佐治亚州设有常驻办公地点，外国公司须与美国的至少一家公司联合才能进入佐治亚州的市场。所有的公司都必须通过资格预审，并取得资格预审合格证，该证三年有效，三年后须重新申请资格预审。

关于设计招标，佐治亚州交通厅项目除自行设计的外，都必须通过设计招标确定承包人。需要进行招标时，交通厅将在有关媒体上刊登广告，公开向社会招标。各咨询公司的投标文件不做报价，设计评标只对下面几个方面进行评分：Reputation、Project Manager、Resource、QA/QC、Enviromental、Survey、Geotech、Strucural、sue，得分最高的前三名者确定为中标候选单位。

确定中标候选单位后，Office of Consultant Design将与三家公司面谈，通过面谈考察其按时完成合同的能力，最终选择一家单位中标并要求其报价。对中标单位的报价，Office of Consultant Design还可通过合同谈判确定最终的设计费。查看合同报价清单，我们看到大部分参加项目各类人员的工时和小时工资，其中项目经理每小时为32.58美元，绘图员每小时工资为17.15美元。

Office of Consultant Design设计市场的管理人员分工十分明确，项目经理有相当大的权力，每个项目经理大约分管20个左右的项目，负责检查设计进度和各方面的协调。据了解，项目只有在设计完成后才会转入施工阶段，而进入施工阶段后，则由施工管理处（Division of Construction）进行管理。这种管理模式使设计单位可以较客观地按规范及使用要求进行设计，避免出现项目业主干预设计，特别是工程概算的情况。

2004年5月13日　星期四

考察咨询公司

应本人的要求，Office of Consultant Design安排我们5人考察了三家咨询公司，分别是HNTB公司（以四个创始人的第一个字母命名）、JB公司和PJSB公司。

HNTB公司创建于20世纪40年代，有职员约3500名，全美50个州均设有分部，亚特兰大分部有30多名职工。该公司设计了许多大型斜拉桥、吊桥和机场，在第三代斜拉桥中有代表性的Dame Point桥（主跨396米）即为该公司的作品。

JB公司是一家只有两年历史的公司，规模较小，目前只有20多名员工，主要从事公路桥梁设计。由于公司历史较短，对佐州交通厅依赖性较强。大约知道我们要去，他们在办公室的黑板写了两条欢迎的话："I love Georgia Dot"和"Georgia Dot is our best client"，有点类似国内讨好业主和上级主管部门的做法。

PJSB公司的规模与HNTB公司差不多，也有3000多名员工，但他们在亚特兰大的分部约有350人，主要的业务有公路桥梁和机场的规划、环评、设计等。

我们在三个公司都受到了欢迎。公司的负责人向我们简要地介绍了公司的业务，并带我们逐一参观了其办公室。座谈时，我们向他们详细了解他们承担项目、设计软件和质量管理方面的情况。

关于设计软件，公路和一般桥梁他们使用GDOT统一的软件，大型复杂桥梁才使用商业软件。关于质量管理，所访问的三家公司都执行ISO质量管理体系，我查看他们的设计文件，图上的签名顺序与我们差不多。关于设计收费，PJSB公司给我举了一个例子，一条大约9英里的道路改建设计从前期到施工图设计，设计费约400万美元。

值得一提的是，各公司与业主的关系非常简单。虽然有交通厅的官员陪着，我们每到一地都无类似国内的迎来送往，座谈时连水都没有，更别说留下吃饭之类的客套了。参观完第二家公司后，交通厅的两位项目经理把我们带到一家墨西哥餐馆就餐，吃完后，当我提出为他们两位买单时，他们很友好地谢绝了。

美国设计工程师工作情景

2004年5月14日　星期五

参观工厂

今天，交通厅安排我们到ROADTECH公司，在田纳西州的一个生产洗刨机、沥青混凝土摊铺机和沥青混凝土转运车的工厂参观。

参观田纳西州ROADTECH公司的工厂

FALCONS

2004年5月20日　星期四

实习之桥梁设计

本周我和设计组其他两位成员许金良、冯芪来到Division of Preconstruction的Office of Bridge学习，Office of Bridge的负责人Mr.Paul Lilines接待了我们，他向我们简要地介绍了Office of Bridge的情况。

Office of Bridge是交通厅负责桥梁设计的专业办公室，现有职员40人，其中工程师和绘图员约各占一半。Mr.Paul Lilines介绍说，Office of Bridge主要承担中小结构桥梁的设计，大型复杂桥梁一般通过设计招标选择社会上的咨询公司来完成，但咨询公司的设计要经交通厅审查批准，所以Office of Bridge还有相应的设计文件审查管理的职能。

Office of Bridge每年承担的桥梁设计大约在80到100座之间。由于基本是标准设计，且有许多现成的计算程序（这些程序也可提供给咨询公司），Office of Bridge设计的工作量并不大。Mr.Paul Lilines特地向我们介绍了1993年和1996年由DCR公司设计的两座斜拉桥，这两座斜拉桥是一位名叫Tang-Manchung的中国人设计的，从Mr.Paul Lilines的神态中我们感觉到Mr.Paul Lilines对Tang-Manchung的尊敬。

根据Mr.Paul Lilines的介绍，我向他提出看一看他们的设计规范和设计文件，其中包括上述斜拉桥主桥和引桥的设计文件以及设计施工招标文件。

我们对比了Office of Bridge 1996年和2003年的设计文件，大致可以了解到佐治亚州标准结构大多采用工字梁和T梁，1996年120英尺跨度的T梁采用6500psi的混凝土，梁高5英尺3英吋，有效预应力为1510292lbs；2003年跨度128英尺的T梁则采用8000psi的混凝土，梁高6英尺，有效预应力为1285328lbs。从上述数字可以看出，随着混凝土强度的提高，在梁高变化不大的情况下[（128/120）2与6/5.25的比值基本相等]，预应力的数量降低了约18%。

事实上，美国一直在致力于提高混凝土的强度，据Mr.Paul Lilines介绍，美国混凝土强度从1976的5000psi提高到了2001年的10000psi，目前正在研究的混凝土强度为14000psi，这与佐治亚理工学院Khan教授介绍的情况完全相同。

美国的桥梁设计规范于1921年由美国各州公路协会的桥梁委员会开始研究制定，首版于1931年，其后平均每4年修订一次，到2002年已是第17版了。2002年版的规范还是以荷载系数法为基础的，联邦公路局规定2007年后桥梁设计必须采用20世纪90年代初研究的荷载和承载力系数法，届时桥梁设计规范必将有根本性的改动。

美国桥梁设计规范的修订，需经50个州交通厅组成的交通协会投票表决（联邦公路局不参加投票），三分之二以上的多数通过才能发布实施。美国桥梁规范修订频率之高，几乎是中国的5倍，而经常性的修订有利于及时在规范中反映相关的技术研究成果，促进科学技术成果转化为生产力，这一点值得我们学习。

值得注意的是，美国桥梁设计规范关于温度力的规定只给出了体系温差的取值范围，对局部温差的计算则没有规定。但在两座斜拉桥设计文件中，对局部温差都作了如下考虑：主梁顶底温差为+18℃和-9℃，塔身左右侧温差为+10℃，温差为线性变化。

2004年5月25日　星期二

桥梁室实习剪影

在桥梁设计室与美国同行交流。下面是办公室工作的情景和与美国同行合影照片。

2004年5月28日　星期五

参观400号州际公路收费站

今天上午，DAVID带我们参观了400号州的一处收费站。中午在一家美式自助餐厅吃饭后，我们又返回材料试验室（OMR）。下午由一位姓吴的中国人为我们做有关沥青混凝土路面的讲座。

参观400号州公路收费站

位于400号州公路上的收费站规模不大，收费里程也仅有6.2英里，是政府发行债券修建的高速公路，在这里我们可以了解美国收费公路收费站的大致情况。该收费站共有18条收费车道，采用三种方式收费，分别是无停车收费、自动投币和人工收费，通行车辆可根据自身情况选择付费方式。无停车收费是指车主可购买该收费站的TRANSCORE卡，通过无停车收费车道时向监控器亮出TRANSCORE卡，装于收费站顶棚的监控装置通过发射和接受信号来收费。如果车主无卡通过该车道，监控装置会通知照相机拍下车的照片，车主将被处以25美元的罚款。自动投币是车主向投币箱投掷QUARTER（25分硬币），收费装置自动判断是否缴够数目，自动收放挡车装置。

美国高速公路收费很低，全程6.2英里小车和双轴卡车收费仅0.5美元，货车每增加一轴增加收费0.5美元，车公里收费单价与我们在佛州和纽约走过的收费公路差不多。收费低的主要原因是交通量大，该收费站车流量为每天12万辆，每天收费超过6万美金，预计到2011年就可还清债务，到时该收费站将停止收费。

参观400号州公路收费站

下午吴先生的讲座包括Perpetual Asphalt Pavements（长寿命沥青混凝土）和Stone Matrix Asphalt Georgia Experience（SMA在佐州的实践）两个内容。

长寿命沥青混凝土是美国和欧洲等发达国家正在研究的课题，主要内容是研究沥青路面厚度与沥青混凝土路面厚度的关系。通过研究发现，沥青混凝土路面厚度越大，其抗病害特别抗车辙和疲劳破坏的能力越强。研究表明，当沥青路面厚度达到40cm时，路面基本上不会发生疲劳破坏，沥青混凝土使用寿命可达到35年以上，且使用过程中不会发生结构性破坏和大修。长寿命沥青在美国一些州已开始应用于州际公路。

SMA20世纪60年代发源于德国，最初目的是提高路面抗磨损能力，经过使用发现其抗车辙能力和使用寿命比普通沥青混凝土高许多。佐治亚州是美国最早从欧洲引进SMA技术的州，1990年9月美国联邦公路局组织了一个赴欧洲考察SMA技术的代表团，1990年12月佐治亚州就引进使用了SMA技术。自1991年以来，佐州SMA已达300万吨，日交通量5万辆以上的路面均采用SMA路面。佐州使用的SMA成分主要有：集料、沥青、改性材料(4%)、矿粉（0.5%)、纤维和熟石灰。对比SMA和SUPERPAVE，两种路面结构均有良好的抗车辙和抗磨损的能力，SMA因其沥青含量较高而有更好的耐久性（使用寿命比SUPERPAVE高出40%）和抗开裂的能力，但其造价也因此比SUPERPAVE高出33%。目前，佐州规定，同时满足日交通量大于6000辆、道路长度大于3000英尺和用量大于2000吨等条件的路面必须使用SMA。

讲座提问过程中，我还向吴先生了解了佐州沥青路面厚度及结构分层的情况。根据吴先生介绍，佐州沥青路面厚度一般分为四层，下面两层为SUPERPAVE，其上为OGFC，面层为SMA。沥青路面总厚度为14~16英寸，SMA最小厚度为1.25英寸。

2004年6月6日　星期日

闲暇时光

除李怀健团长外，其他团员来到亚特兰大市郊的EMIR湖，观光、烧烤（barbecue）、游泳。

2004年6月11日　星期五

参观沥青实验室

全团到亚拉巴马州AUBURN大学的国家沥青试验室（National Center of Asphalt Technology）参观。1.7英里沥青路面试验场。从该试验室网站WWW.NCAT.US上可免费下载很多技术资料。

位于亚拉巴马州的国家沥青技术研究中心，不但具有先进的试验仪器、野外测试车等设备，还建有一个沥青路面试验场。该试验场将全长2.7公里的试验路分成45段，每段使用来自南部各州的不同的路面材料铺筑，并在路面里安装温度探测器、应力测试仪等仪器，通过每天的卡车加载，用2年时间完成10~15年的路面破坏试验，从而测试出车辙、粗糙度、密度等各项指标，以指导沥青路面的设计和施工。

参观亚拉巴马州AUBURN大学国家沥青试验室

参观亚拉巴马州AUBURN大学
国家沥青试验室

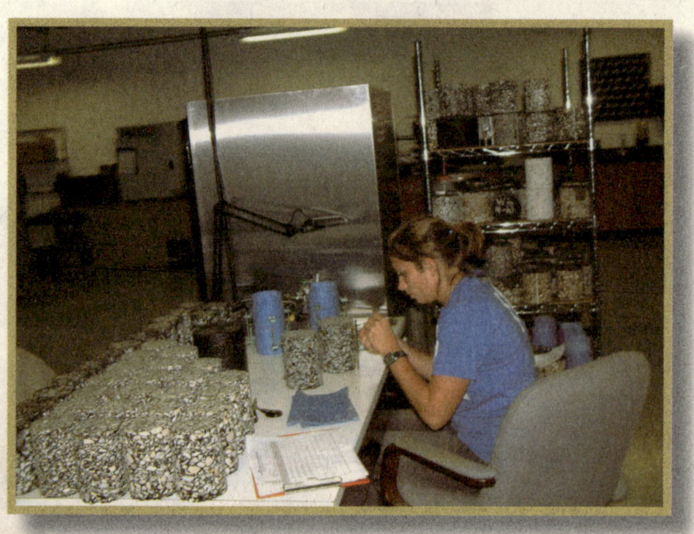

国家沥青技术研究中心沥青路面试验场

位于阿拉巴马州的国家沥青技术研究中心

2004年6月17日　星期四

亲历公众听证会

设计组成员，今天下午参加了SR316（州道）HOV车道延伸项目CONCEPT设计阶段的公众听证会。听证会在项目所在地GWINNET县的一座大楼里举行，由佐州交通厅Urban Design的项目经理主持，交通厅环保、规划、District工程师和设计咨询单位的有关人员共40人出席了听证会。

听证会大厅分四个区域挂满了路线方案图，下午3时开始，陆续有许多居民来到听证会大厅，围着路线方案图向设计人员了解自己关心的问题。参加听证会的公众都可填写意见表，交通厅将负责向每一位提出问题的公众复信答复。

听证会一直开到19:00才结束。

SR316（州道）HOV车道延伸项目CONCEPT设计阶段公众听证会

2004年6月23日　星期三

实习进行时

全体团员到萨凡纳，宿市郊ECON LODGE。

22日参观萨凡纳一座主跨1100英尺斜拉桥、筑岛工程和CITGO沥青厂。

23日到BRUNSWICK的SEA ISLAND参观一座主跨1250英尺的斜拉桥和八国首脑会议所在地，23日晚10时返回亚特兰大。

在萨凡纳港

参观南北战争遗址

在萨凡纳交通管理所

公路超重车辆检测站

参观公路改建工地

2004年6月24日　星期四

Happy Hour

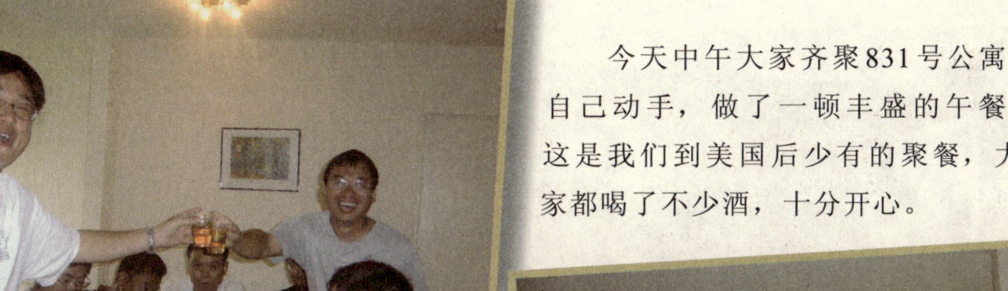

今天中午大家齐聚831号公寓，自己动手，做了一顿丰盛的午餐。这是我们到美国后少有的聚餐，大家都喝了不少酒，十分开心。

Happy Hour

2004年7月3日　星期六

举杯吧，朋友！

美中交流协会范先生家宴

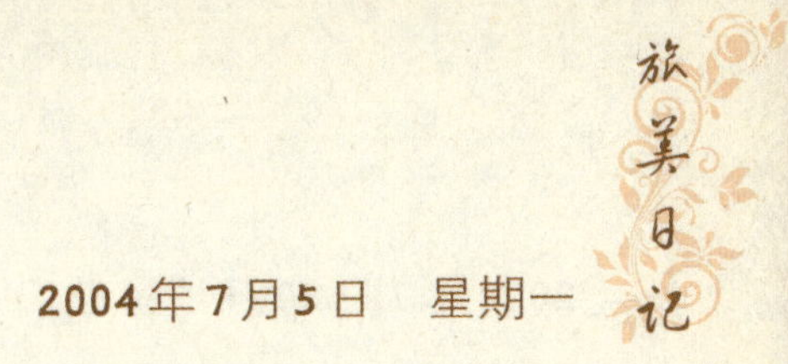

2004年7月5日　星期一

做客华裔之家

在蔡教授家做客，与其家人合影

2004年7月20日　星期二

实习之交通控制中心

交通厅养护部门和交通控制中心实习。美国各州交通控制中心，平时由军方和各州交通厅共同管理，战时则完全由军方接管。美国作为全世界唯一的超级大国，有如此强烈的国防意识，值得我国深思和借鉴。

结业前见面会

佐治亚理工学院和交通厅领导与学员合影

2004年7月31日　星期六

在路上

培训班全体成员踏上了美国西部的考察学习和归国的旅途。在美国西部，我们参观了洛杉矶、圣地亚哥、大峡谷等城市和景区，领略了美国西部风光。7月31日，我们由洛杉矶顺利返回北京，结束了五个月的美国学习考察生活。

遗憾的是，这段时间，人在旅途，鞍马劳顿，实在没有精力写日记了。

下面是一组在拉斯维加斯、圣地亚哥、大峡谷拍摄的照片。

拉斯维加斯街头景象

拉斯维加斯金字塔酒店

拉斯维加斯某酒店室内部

拉斯维加斯某酒店夜景

大峡谷留影

戈壁滩公路

好莱坞装扮成梦露的艺人等待人们合影

美国与墨西哥边境检查站

洛杉矶街头

在洛杉矶奥运会
主会场前留影

停泊在圣地亚哥军港的航空母舰

与航空母舰合个影

圣地亚哥一角

远眺圣地亚哥